U0754402

空想工房

[日] 安野光雅 著·绘

艾茗 译

1979

台海出版社

目 录

Mitsumasa Anno

① 坐标感 ———————————————— 3

2 绘本

4 视角 ——————————————— 281

空想工房

坐标感

坐标感——大吃一惊的故事

　　我以前看过某少年团体的运动会。大家分成红白两队，绕着相隔只有二十米的木桩转圈，然后跑回去。选手要抓着木桩，跑个十圈才能回去。

　　没想到挺不容易的。选手晕头转向，分不清东西南北。旁人看着都不忍心。

　　芭蕾舞演员还有花样滑冰的选手，单脚站立旋转也不会失去平衡。听说因为他们旋转时，要看着某个固定的标志。是这样吗？

　　迷路时就会到处乱跑，如果用慢速摄影拍下来，和刚才绕着木桩兜圈子再跑回去的运动员看起来一定差不多。日常生活中能够确认当前的位置，是因

为大脑中有一个"坐标"，相当于芭蕾舞演员看的固定标志。（以下关于空间、时间的位置感，通俗点说，就是确认自己和世界之间位置关系的感觉，用"坐标感"来表示）

平时没有特别在意坐标感，等到出门旅行，去了异国他乡，或者工作发生变化，才突然意识到它的存在。

只有看到几个标志、相互的位置关系，可以的话，把这些记录在一张纸上，也就是说，把地图拿在手里才安心。

一般来说，指南针指示的方位，测点才是坐标。但

在日常生活中，车站、大路、高塔等，都承担着坐标的作用。我姐姐从外地过来。"从咱们那儿看这是东边，可在东京，哪边才是东边呢？"听她这么一说，我觉得很有趣。但这事我也没少干，实在笑不出来。

候鸟绕着太阳迁徙，而人没有这样的能力。从地铁出口走到地面上，在电车里打盹时，总让人痛感坐标感的极限。

有时看着鱼鸟会不甘心，为什么人类的感觉这么迟钝呢？神只给了我们"生而为人仅需的坐标感"。

深入地下，钻到水里，跑得太快，夜间行走……也就是说，我们想去做能力以外的事，而坐标感却没有同步。

按照自己的步伐行走，就算在国外也很少迷路，但骑自行车就不行了。

步行的时候，风景和其他坐标数据足以纳入大

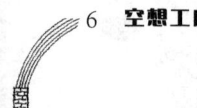

脑。而骑车时，速度过快，一下子记不住那么多风景。限速四十公里／小时，是人类跑步速度的极限，而且仅仅是一瞬间。限速四十公里／小时，车辆很少发生事故。因为这个速度代表人类坐标感的时间极限吧。

也就是说，越是文明开化，坐标感越迟钝。换句话说，随着科学文明的进步，需要用地图、指示牌等各种机器设备来弥补我们的坐标感。

坐标感很私人化。但我们不妨扩大范围来想一想，比如来决定一个团体、一座小城、一个国家前进的方向。

要想创造建筑、交响乐等空间性、时间性的构造，负责人或指挥者必须拥有相应的坐标感。

这很像公交车司机和乘客的关系。每个乘客坐在不同的位置，共同奔向目的地——交响乐。指挥者负责把大家井然有序地带到目的地。拥有这种让人充满信赖的坐标感，很容易被误认为是天才。而

像政治家，统领一国的人，则必须拥有被人误认为是天才的能力。

绑架、非法监禁，带给人剥夺坐标感的痛苦。

而旅行呢？这不过是为了失去坐标感的一段路程。头晕目眩，迷失所在，甚至后悔踏上旅途。以失去坐标为代价，获得了某种新的东西。而这种东西，也许称为创造最贴切。

坐标感也不是有了就好。

黑箱子的风景

　　我正在离开阿维尼翁前往巴黎的高速上奔驰。

　　右边是开阔的牧草地。远处是森林。冬天依旧鲜绿的草地上，落满了白杨叶。牧场外围有一片葡萄园，葡萄叶染成了鲜艳的枫叶色。也许是收获季过了吧，没有看到摘葡萄少女的身影。

　　我在撒谎。说实话，这两天在大雾中穿行，什么也看不到。哪怕天气好点，也犯不着上高速。本来想把借的车还回去，留下充裕的时间，搭乘巴黎出发的飞机。可现在时间没谱，心里难免着急。

　　在高速上开了一个多月，到现在也不知道一天能跑多远。比例尺不一样，难怪搞不清楚。有的地

图照着跑得快，有的却开不了多远。

不知什么时候起，我总觉得地图包罗万象。事实和地图不一样，反而觉得事实错了。仔细想想，画地图利用了拓扑学的原理，也是理所当然的。

我想起了《一个男人和一个女人》这部电影。断了结婚念头的安娜去了蒙特卡洛。德鲁克在高速上连夜驱车追赶。我从南方奔赴巴黎，和他的方向正好相反。弗朗西斯·莱即兴的歌声传来。德鲁克在夜里，而我在雾中，这倒有点像。不同的是他深夜驱车与恋人相会，而巴黎等待我的只有飞机。越靠近飞机，离日本也越近。

我在欧洲玩了一圈。不管在什么地方，哪怕是出发时刚离开日本的飞机上，归根结底，都是在朝旅行的终点——日本不断靠近。

这就是拓扑学。

现在哪有工夫想这个呢。右手边猛然看到了罗

马时代的遗迹。石头堆砌的水道坏了一半。只要上了高速，就不用考虑风景。反正介于出口和入口之间，甚至不用思考身在何方。

我把车停在服务区，拿出地图和指南针对照了一下。这样做没有任何意义。只有在海上或者高空，朝目的地直线行驶时，对照才有意义。道路弯曲，巴黎在北边，你却得往南开，这样的情况也不少。比如说，巴黎和罗马，方位相反，而路标却指示同一个方向。虽说道路终究会岔开，可心里还是有些想不通。

从前用的右江户、左京这样的路标，在高速上可就行不通了。

一言以蔽之，高速路就像个黑箱子。只要进了里面，就得扔掉所有的坐标感，进入路标组成的符号世界。不断出现的标识，相当于计算机的程序。这个黑箱子只有入口和出口有意义，途中的一切等于零。

这只是在位移，称不上旅行。花了大价钱，只是在移动不属于自己的车子。这么一想，我心里的空虚和焦灼便不断膨胀。

欧洲的向日葵还没有凋落。野花怒放，无名的小鸟飞过。这样的光景让我勉强觉得自己还是个人。

一旦在高速上行驶，不光是风景，人也不再是人。享受速度和激情，不过是汽车公司的宣传策略，并非属于人类的快感。过去，人从没有跑过这么快。也就是说，人类并不具备让眼前的风景眼花缭乱般飞速变幻的知觉。我不知道，这样是否会导致崭新的现代美感意识的诞生。但伴随着变幻的风景，飞速行驶的我，却已丧失了部分人类的本性。

异样的节奏感出现，很难停下来。比如说，想加汽油的时候，却忍不住下一家、下一家地继续往前行驶。而焦躁感更是雪上加霜。

这回我看到了鱼和帆船。田园里不可能有海。

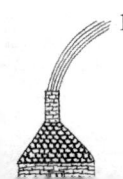

浓雾的远方是地中海。不，也许是幻觉吧。

过了一会儿，我看到了静寂的古城。不知道里面的城主是什么样的。但他肯定为了恋情或者一己私欲，牵连无辜的民众，发动了不止一次战争。

我又撒谎了。一大早就起了雾，什么风景也看不到。我却说得像是看到了很多东西似的。

还是说实话吧。

广阔的牧场和森林，

阳光照耀的葡萄田，

罗马时代的遗迹，

花鸟船鱼，

还有充满神秘传说的中世纪城堡。

这一切都是我开车行驶的南法高速路旁，每隔十米摆放的"画"。

不愧是法国。浅茶的底色上浮现白色剪影，每张画都很洗练。

画上没字，不知道什么意思，也不知道为什么要摆这些画。

那些画逐渐在我的脑海中融为一体，变成了词语——"美丽的国度法兰西"。

那就是我在浓雾笼罩的黑箱子里，看到的唯一难忘的风景。

◇◇◇◇◇◇

第二个笑话

蜻蜓飞来，在镜子上产卵。据昆虫学家说，和人类相比，蜻蜓早在几万年前就住在地球上。如此漫长的时间里，蜻蜓一直在水面上产卵。它们不知道人类造出了镜子，误以为是水面，便在上面产卵。

电视上在表演魔术，魔术师张开双手，表示没有耍花招的时候，我总是怀疑脚底下有机关，恨不得钻到电视里。和电视相比，镜子早在几千年前就造了出来。而电视却是近期才发明的。这两样东西在脑子里很容易混淆。

说是突然发明的，其实制造电视的实验获得成

15

功，还是我小时候的事。当时大家都说这是把电话和望远镜组合在了一起。

有一天，庙会上来了个卖艺的。他把像旅行箱一样奇怪的箱子放在面前，说马上要给大家放电视了。一大群人围过来。那人滔滔不绝地推销起了膏药。

偶尔想起来提一句，我要给大家放电视了。话题却马上岔开，又转到了膏药上面。念完开场白，他开始忙着卖膏药，放电视的事最后也没影儿。

电视成了广告用的道具，这点和现在一样。没放节目的假电视都能拦住人们的脚步，那个年代可真淳朴。

昭和二十八年（1953 年）才真正开始播放电视节目。当时，我有缘和五六个小朋友一起表演节目，共同钻进了接送的车里。其中一个小朋友问：

"往镜头里一看，人和风景都是倒着的吧。那电视上为什么不是倒的呢？"

我只好回答："这就是 NHK（日本放送协会）厉害的地方哟。NHK 的演播室里，天花板是地板，地板是天花板，本来就是倒着的。人也是倒着的。今天，你们也得吸在天花板上倒挂着才行。倒挂着拍摄，从电视上看就是正的喽。"

"哇，好可怕。吓得血都倒流了。我还是回家吧。"

听小朋友这么一说，台里的 D 先生连忙解释：

"没事的，不要紧。我们准备了特别的鞋子，可以吸在天花板上。只有一点疼，都能忍受的。你们也能做到。"

最近我在《生活的智慧》这个节目做嘉宾，主题是倒立。

由于教育、长期习惯的影响，人不知不觉就会被惯性思维束缚。一旦变得严重，连水面和镜子也分不清。无法打破思维定式，就不会有创新思维。节目组就想，作为打破惯性思维的方法之一，思

考的时候，试着倒立怎么样？

身边最常见的例子就是烤鱼的炉子。鱼在下面，火在上面，是倒着的。所以油不会滴落在火上。哪怕烤秋刀鱼，也不会冒烟出来。

更加遥远而伟大的例子，就是哥白尼的地动说（日心说）吧。哥白尼打破了天动的思维定式，想到了地在动。这真是创世纪的逆向思维。

现在我们用望远镜看月亮。由于镜头的设计，我们看到的是倒立的月亮。但这并没有什么影响。问题是把月亮画在书上时，到底哪个在上面呢。

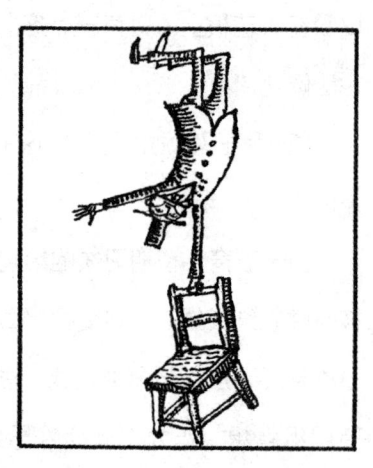

南半球的人，比如澳大利亚人看到的月亮，和我们看到的正好相反。也就是说和我们用

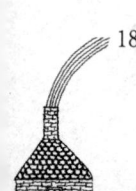

望远镜看到的月亮一样。但这并不影响。月亮没有上下之分。

　　人类登陆月球，已经是早晚的事。没工夫慢悠悠地讨论下去了。但在我看来，人类对着月亮，关于上下讨论个不停，实在很没礼貌。

　　当天在节目中，把月亮的影像投射在电视画面上。由于准备失误，画面上的月亮北极在左边。上下颠倒没事，横着放可就糟了。这样播出去，被人看出来，写信骂一顿怎么办。于是改变方向，正着放过来一看，由于构图的关系，画面上出现了无关的东西。没办法，只好这么播出去了。月亮横着放倒也特别。

　　后来也没人写信投诉，顺利过了这关。现在想想，倒也不能算是错误。

　　赤道附近的居民，看到的就是爬到椰子树树梢上横着的月亮。

有关底片

听说章鱼和山椒鱼没有食物时，就会吃自己的手脚。章鱼的脚多，比较麻烦。

蛇的话，想起来就简单了。蛇从尾巴尖开始，慢慢吞进去，最后会变成什么样呢？好像从很久以前开始就有很多人想过这个问题。外国的书上经常会出现这张图。

《小黑三波》这篇童话里，就有类似的内容。三波被老虎追赶，逃到了树上。老虎在下面围成一圈，兜圈子跑着，按顺序吃掉前面的老虎。每只老虎都咬着前面那只的尾巴，自己的尾巴被后面的老虎咬住。像车轮一样绕着树兜圈子，按顺序互相吞食。老虎的包围圈越缩越小。最后变成了黄油。**这个结局不是所有人都能领悟的。**

我试着做过类似的实验。在狗尾巴上绑小鱼干。我们家那只能干的小狗，就像童话里的老虎那样，

龙卷风般疯狂地转着，最后累瘫了。把"累瘫"误作"黄油"[注1]，翻译错了吧。

前不久，我收到了一张电报。上面写着"今西过世明天一点举办葬礼"。我看着今西这个姓，想不出头绪来，就问电报局的人。心想，逝者的名字我都想不起来，问发信人岂不是更糊涂。于是，我就问电报局的人，"像这种情况，一般都是谁发的电报啊？""当然是本人喽。"听他这么一答，我更糊涂了。

后来，我碰到了在电报局工作的朋友。聊完电报局里的优秀人才，就说起了上次电报的事。朋友说没准儿发电报的人口吃。开什么玩笑，就算说话口吃，发电报时也不会呀。

电话都有号码。要是用自家的电话拨打自己的号码会是什么样呢？这个很简单，希望大家都做下

注1　在日语中"累瘫"和"黄油"读音相似。

实验。如果拨电话的时候，感觉有点毛骨悚然，那么你应该能窥见超现实的世界。

打自家的号码，万一有人接电话，再来句"别捣乱了"，那可真要吓晕过去。话说回来，那声音到底是从哪儿传过来的呀？

还有一种情况。对着麦克风说话，然后把声音用音箱放出来，再把这个声音传到麦克风里。像这样会变成什么情况呢？

运动场上经常能听到音箱发出尖锐的响声，就是这种现象。

那能不能把相机本身用相机拍出来呢？对着镜子按快门就行了。刚才我说的是把相机照进去，应该能用底片把底片拍上去。把微距镜头安装到相机上，对着镜子。相机尽量靠近镜子，直到除了镜头以外什么也照不到。这时按下快门，底片就把底片拍上去了。

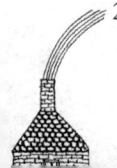

假设已经拍上了。这个底片，是把底片拍上去的底片，就像对着照的镜子一样，把拍上底片的底片拍上去，无限循环下去。这样可以做到吗？底片没有冲洗，没准儿就不会发挥镜子的作用吧。

电视的摄像机又会是什么情况呢？用摄像机把接收机拍下来，然后用电视放映接收机录下来的影像，会是什么样呢？

认为会爆炸的人能够理解超现实的世界。

我试着问朋友 A 这个问题。

他回答说："首先由电视机 T 来录制，经过复杂的回路录回电视机 T。这样就变成了 T 和 T'。然后经过回路，变成了 T 和 T' 以及 T"。哒哒哒，按顺序无限循环下去。"他说得没错，问题在于"哒哒哒"，瞬间的速度，简直像光速那么快，用"哒"来表示太慢了。两个镜子对照看试试，没有人见过镜子哒哒哒地不断增加吧？

关于这个问题，我以前还做过实验呢。后来，

《头脑体操》这本书里提出了同样的问题。原来有人跟我想着同样的问题呀，心里顿时有了底气。

那么，现在用摄像机把正在播放棒球节目的电视拍下来，然后把录下来的影像在这个电视上播放，又会是什么情况呢。这种问题偶尔想想也不错。

假设现在有辆水车。水车转动，利用这个动力汲水，水从高处流下来，使得水车转动。像这样水车永远不会停下来。

这种装置叫永动机。自古以来就有很多人费尽心机地做实验。尽管已经被证明是不可能的，但这就像化学的炼金术那样，成为物理学史上引出

众多新发现的契机。

电视、电话……类似蛇从尾巴开吃的故事，虽然是超现实的，但希望大家至少能够管中窥豹，透过这些故事，瞧一瞧奇妙的世界。

告知春天的到来

我喜欢郁金香，固然是因为花朵可爱。说实话，积雪消融的黑土上，小小的嫩芽萌发，温柔地告知常被忽视的季节变化，才是真正的原因。

那年，放任不管的郁金香再度萌芽。小小的嫩芽，竭尽全力地告知春天到来的消息。瘦弱的身影，惹人爱怜，没有好好照顾你，真是抱歉呀。

那一年，我种了草坪。

老早就觉得一家之主打理草坪，简直像是画里的小资产阶级的生活。所谓民主进步攀到高峰的人才会这么做。但不管怎样，我还是成了草坪的主人。

打理的辛苦没有白费，院子里像是盖上了一层绿色地毯。里里外外光着脚走来走去，感觉很奇妙，心里特满足。

当时我正好在给有关狗的书做装帧设计。那时我才知道，狗的种类繁多。除了日本犬、斯皮兹狗，还有吉娃娃、西班牙长耳猎犬、拳师狗等。

不知道为什么，我突然喜欢上了万能梗。要不养一只吧？和打理草坪一样，都是临时起意。带着爱犬去散步，美丽草坪的主人这回更讲究了。

后来想想，我哪配得上养这种狗呢。但当时却很迷恋。按照纯种系谱来说，应该起个F

打头的名字。我花了一整晚，才想出了费阿里这个名字。

主人和小狗在沐浴着阳光的草坪上嬉戏玩耍。

比起同类，狗更爱人。狗真的很可爱，为平凡的家庭带来了欢乐和悲伤交织的奏鸣曲。

我得了肝炎，九死一生捡回了一条命。小狗在家里呜呜大哭，还失踪了六天。我担心得人都瘦了。认识的米店老板来通风报信，说有偷狗的。我竟然忘了告小偷，反而谢他照顾了小狗六天。真是狼狈！

后来忙于看病，加上工作繁忙，小狗的训练和散步渐渐懈怠。心里难免愧疚，小狗却兀自长大，在院子里四处撒欢。

直到那时我才发现，精心打理的草坪早就奄奄一息。除了东边的角落，院子里一片狼藉。训斥几声，小狗反而以为是在跟它闹着玩呢。小时候常常玩摔跤养成了习惯吧。主人刚走到院子里，小狗就

跳起来挑战摔跤。探起身子，扒在肩膀上，弄的全是泥。草坪已经退到了水泥地的角落，小狗不去的地方。不要说郁金香，就连巨大的向日葵也被它踩倒了。院子简直就像已经被小狗征服的战场。

秋意渐深寒风起。狗儿的枯叶作战计划成效颇丰，院子化为荒漠，绿意全无。让人无法想象曾经有一片郁郁葱葱的草坪王国。

冬天来了，积雪落满了庭院。短暂的白色和平降临在早已成为废墟的战场上。如同绿草葱葱的往昔那样，主人和小狗玩起了摔跤，想要让它明白谁才是院子真正的主人。条件是不要用泥巴弄脏身上。狗儿欢快地嬉闹起来，好像在尽情地释放心中的不满：既然这样，那你就多照顾一下我嘛。

万能梗身强力壮，能在雪中追捕猎物，曾经作为军犬伴随英国陆军上战场。

打理下草坪就沾沾自喜的主人哪是它的对手。

等到积雪融化的时候，心灰意冷的主人无条件

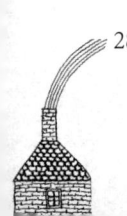

地割让了领土。工作这么忙，哪顾得上什么院子、爱犬呢。这可不是满足于小市民幻想的时候。说实话，我就是没耐性，三分钟热度。

有一天，我突然在院子的角落里，发现了久违的绿意。款冬、马唐、车前草等，刚刚萌发的杂草若无其事地露出脸蛋，取代了昔日的草坪。

事实上，征服院子的并不是我家的小狗。

一切都是自然规律。

院子看起来像废墟，不过是数不清的杂草还在地下安详地沉睡而已。

仔细找找看，就连郁金香也萌发了可爱的嫩芽。

不知不觉中，春天已经到来。

扇子摇摇

日本的单口相声（落语）里出现小气鬼的时候，演员（落语家）哗哗地摇着扇子，这样说道：

"扇子呢，一般是这么用的。可小气鬼扇扇子，

只开一半。更小气的呢，压根就不把扇子打开。而最最吝啬的家伙呢，完全打开扇子，左右摇晃脑袋……"

我有个画家朋友 T，单身的时候，自己在家做饭。有一次，炭炉想点上火，没有扇子。他便把炭炉夹在腋下，围着镇子顶风跑了一圈。和落语不一样的是，他还真点着了火。

类似这种反作用的原理，小学时就学过。课本上经常出现这样一张图。船夫拿竹竿在岸上用力一撑，小船就离岸而去。

像这种问题连小学生都明白。可三等卧铺车的下铺，经常能看到有些大人做着奇怪的举动，真是可笑。

三等卧铺上都挂着两根绳子。把绳子挂在床下，哪怕睡相不好，也不容易掉下来。只要把床稍微往上一提，就能把绳子挂上去。可有的人嫌麻烦，睡

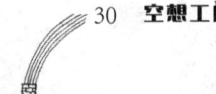

在床上就想把床提起来，挂上绳子。要真能提起来，可就奇了怪了。

　　我和负责 NHK 理科的 H 先生聊过这么一件事。

　　假设电车在行驶。这时，在电车上的乘客看来，自己一动不动，大地像是在不断后退。

　　刚说完，旁边的 K 先生就气势汹汹地嚷道：

　　"开什么玩笑。这和船出海可不一样。明明是电车在行驶，大地怎么会后退呢。岂有此理！""不不，您说得太有道理了。"好说歹说，才让 K 先生消了火。

　　这就像太阳和地球的关系。忘了地球在转动，看起来就像太阳兀自升起和坠落。可是，

总认为大地不会动，就会影响其他星星的运行。K先生所说的电车在动，从某种意义上来说，很像天动说的说法。可是，站在另一个角度来看，我们也可以认为是电车不动，大地在后退。

站在电梯里思考这个问题有点吓人。也就是说，这意味着电梯里的自己一动不动，而大楼正在飞速下降。

只要有装置，也不是不可能。人站在固定的位置不动，高楼那么大的箱子上下运行就行了。可这样一来，就会产生新的麻烦。一个人进进出出倒无所谓，可其他乘客就没法自由上下了。

不，等一下。不会有这种麻烦的。电梯不动，大楼动也是一样的。

说到电梯，有件可怕的事。听说这是九州的煤矿发生的真事。

有个男人负责在竖井，也就是电梯垂直下降的

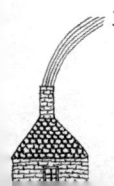

矿道下面挖土。有一天，电梯不断下降，眼看就要把那个男人压扁。他竭尽全力用头顶住电梯，最后还是死了。

事实上，电梯停了，却没有完全降到底部。那名男子只要蜷着身子就能得救。可他却用整个身体承受电梯的重量，竭尽全力想把它顶上去。最终和电梯完全降到底部的结果一样。这件事令人难以置信，但确实有可能发生。

有个词语叫"左翼舞"。意思是慌里慌张、惊慌失措。

士兵们排成一排，步调一致前进，往右转的时候，像画圆一样，右边的士兵一动不动，左翼的士兵慌忙跑起来。这时就叫"左翼舞"。

两个后轮的汽车用"左翼舞"这个词特别贴切。通过一根转轴向左右两个轮子传导引擎的动力。

右边踩刹车的时候，右侧的车轮一动不动，而

左侧的车轮必须飞快地转动。为了让两个车轮产生转速的快慢之差，使用了差动齿轮装置，这实在是天才的发明。

在驾校里说明这个装置的时候，会用千斤顶把车顶起来实地演示一遍。转动右边的车轮，左边的车轮通过差动齿轮装置，朝反方向转动。

事实上，汽车在地面上右转时，其中一边的车轮不会朝反方向转动，两边都朝同一个方向转动。

可为什么在空中看起来却是在朝反方向转动呢？有人会觉得很不可思议。当你乘坐并排行驶的电车，马上就会明白。透过跑得较快的电车窗户往外看，另外一辆电车看起来就像在后退。怪不得会这么说，汽车拐弯的时候，其中一边的车轮相对来说在朝反方向转动。（不过，汽车在向前行驶的时候，左右两边的车轮当然是用同样的转速朝同一个方向转动）。

所谓左翼、右翼，原本指的是军队站成一排的方式。现在却成了代表思想倾向的词汇。

全国学生联合会按理说应该奔着同一个目标，可每个派阀风格不同，或稳健或激进。他们觉得对方在退步，骂其通敌卖国。这种现象和汽车拐弯的时候很像。

在这种情况下，汽车只有曲折行驶。当历史进程来到拐点，如果左右两边阵营的活动特别活跃，说明历史将要迎来一个巨大的转折。

空间感知

这篇文章的最后有一个相似定理。我的朋友 Y 说最好改成这样。

"可以同时谈两场恋爱，但无法同时进行一个以上的约会。"

"两个及以上的物体，无法同时占有同一个空间。"

这就像通过二次曝光拍照那样，在这个世界上，

绝对不可能在同一个位置上出现两个人。这句话乍一看像物理学定理，却不是什么学说。我只不过是把大实话换个方式，故作高深地说出来而已。

显而易见的事实，我却搞得像发现了新大陆。当时我目睹了朋友遭遇交通事故的整个过程。

人站在那儿。车来了。人被弹开了。我一直隐约觉得人不是物体，所以也不受物理制约。然而，人和汽车、电线杆一样，处于物理学严格的制约之下。汽车和人，如果像照相机的双重曝光那样，可以同时占据同一个空间的话，就不会发生交通事故。而现实中这种事绝对不可能发生。

这个世界，也就是说大气圈的空间里，存在并充斥着某种东西。所谓虚无的空间，不过是实验室里真空装置的一部分。人工的真空触怒了神灵，必须忍受某种东西想要占领空间的强大压力。

固定的空间里，无法装入超过定量的东西。几年前的正月，恭贺新春的民众超过了二重桥的承重，引发了惨剧。最近发生了好几起演唱会观众过多引发的事故。每年冬天，国家铁路的通勤电车上，按照物理学的极限把上班族塞进车厢里。可只要  超过一个人的限度，就有可能引发惨剧。

所以魔术才会成立。魔术表演中，从一个帽子里出来鸽子、鲜花、桌子、旗帜，甚至还有兔子。从帽子有限的空间里，跑出来压根不可能装进去的大量东西。简直可以匹敌国家铁路的承载量。我在军队里当小兵的时候，上级命令我把船底的积水舀出来。我和另一位战友，用石油罐做的水桶，拼命干了两个多小时。舀了那么多水，恨不得能填满澡堂的池子。可水一点儿也没减少。我终于意识到，

这条木头做的登陆用小船下面可能有个洞。

便向上司汇报了这件事。可当时的上司比起物理学原理，更重视灵魂建设。他朝我一声断喝："给我干到舀光太平洋的水。"终于等到退潮，船里的水一滴也不见了。我和战友向上司汇报，终于成功舀光了积水。结果上司又是一声大吼："我就说嘛，明明没有洞。"

喜剧电影里经常能看到寻找走失儿童的场景。大家努力搜寻着，等到出现连柜子抽屉、书缝中间、报纸下面都要搜寻一番的桥段，观众们哄堂大笑。怎么可能在那种地方呢？大家会这么想，是出于空间关系的考虑。而这些大笑的人在设计自己家的时候却经常失败。只有四张榻榻米那么大的空间里，画上了沙发茶几三件套和钢琴，甚至还有画了炉子的。真是痴人说梦。

要进到空间里，没有入口进不去。在设计图上

来考虑通道的空间关系很难。

有位数学老师 T 先生定制了从地板到天花板那么高的书架。木匠师傅量好尺寸做了出来。大小正合适，却进不去。如下页图 1 所示。请思考一下为什么会这样。

我也没资格笑话别人。我们家的门上装了个有趣的小玩意，叫门档。把挂钩 A 卡在 B 上，防止刮风时门咣当咣当地摇晃。（图 2）。

请想想实际情况会是什么样。

就算设计得很顺利，却没有考虑到改锥和把手活动的空间。或者做好了书架的设计图，却弄错了制作的顺序，导致钉钉子时挥动锤子的空间都没有。这样的失败很常见。

这些问题建筑师们都会充分考虑进来。我听说过一个很有名的故事。按照建筑师的完美设计图建造的公寓竣工了。布局合理，没有任何空间浪费。可惜有一天要抬棺材却出不去。

有种魔术是把美女装在箱子里，封得严严实实，再上把锁。一声枪响过后，里面的美女消失了。观众席后面却忽然走出了刚才的美女。这虽然不可思议，但是通过刚才的定理，"一个物体不可能同时占据两个空间"，来反向验证一下。可见从后面走出来的美女是另外一个人。

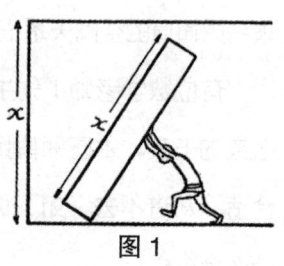

图 1

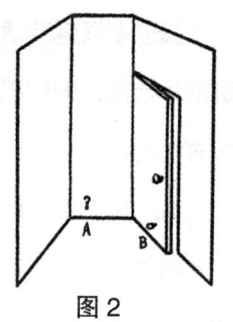

图 2

这个定理具有判定不在场证明的重要意义。双胞胎只要举止模仿得相像，不要说魔术了，甚至可以巧妙地犯罪。

相信灵魂存在的人，把人的肉体和灵魂区分来看。肉体处于物理制约之下，而灵魂却可以超脱。

知识和灵魂不一样，大概相当于灵魂的仆人吧。有很多让人惊奇的事。比如交响乐团的指挥家在指挥《命运》时，每个乐章的乐谱都装在了他的脑海里。就算缩微印刷，容量也相当于一册新刊丛书。一流的指挥家至少能记住一百个演奏曲目。这样看来，大脑这个比水桶还要小的容器里，却装了特别庞大的内容进去。

大脑这个容器里，像魔术一样装满了不计其数的东西。

有些善男信女对此感到很不可思议，趁机向他们施展降灵术可不好。把灵魂装在桌子或者杯子里拿起来的魔术，不会抬高或者降低灵魂的成色。

"灵魂可以同时出现在两个地方。同一个地方也可能出现两个灵魂。"

初次遇见彩虹

上小学之前，大概四五岁的时候，我正在外面玩。被子店老板娘说：

"快朝后面看，那就是彩虹哦。"

……她好像是这么说的。

回头一看，天空高高挂起了彩虹。那是我人生第一次看到彩虹。

彩虹很快就消失了。在雾雨中如梦似幻。而印象却无比鲜明。这是我能够想出来的最早的记忆了。

正如历史的起源都是由神话开始一样，我的神话时代由彩虹开启。

后来，我又见到几次彩虹。不断地在脑海中回味初遇彩虹那天的印象，夹杂着幻想，编织成神话般的故事。彩虹是栖息于深渊旁巨龙吐出的气息，是雨神的美丽彩衣。有一天，我又见到了彩虹。右边止于永明寺旁边的森林里，左边依稀起于铁桥附近。我想趁着彩虹没有消失，赶紧跑到铁桥下边的铁铺看看。可彩虹却马上消失得无影无踪，左等右等也没有出现。

我希望彩虹一直保持神秘。可后来有人告诉我，彩虹不过是简单的光学现象，由阳光反射空中的水滴形成的。

我现在依然觉得，要是永远不明白其中的物理学原理就好了。科学对我们来说非常重要。而关于彩虹，我却不希望它打破我心中的神话。

依稀记得六七年前的春天，我搭上了从小金井去吉祥寺的巴士。

无意间一抬头，发现窗外飘着五色彩云。湛蓝的天上飘着一团高层云，如同彩虹一样染成彩色，闪烁着五彩斑斓的光芒。

古书上偶有记载，预示天下太平吉兆的五彩祥云，指的就是这种吧。

独自欣赏未免可惜，就告诉了旁边的大叔。可他扫了一眼，就在下站下车了。按理说，我应该大声告诉全体乘客。可惜被大叔扫了兴致，只好一个人继续欣赏。

应该回家拿相机把它拍下来。说实话，我动了

好几次这个念头。但过去观看彩虹的经验告诉我，忙得团团转的工夫，它就会消失。

而五色祥云却没有马上消失。自从我发现以后，过了十几分钟，也没有消失。读了这篇文章的读者，一定有人在同样的时刻见到了祥云。那天，我兴奋地告诉别人看到了五色祥云，可没有一个人相信。随着时间的流逝，我甚至开始想是不是自己眼花了。但第二天的朝日新闻上，却刊登了不知是谁拍摄的祥云照片。

果然是真的呀。

我正抱着相机在飞往冲绳的飞机上朝外面看呢，彩虹突然跃入眼帘。咔嚓咔嚓，我如痴如醉地按着快门，忙得连对焦的工夫也没有。还没拍两张呢，彩虹就看不见了。

后来，我把照片洗出来一看，胶卷上拍到的是竖直向下的直线彩虹。在飞机上看的话，彩虹的形状就会变吗？我也搞不清原因。

朋友 Y 推测，没准儿我是从侧面看到的彩虹。和圆圆的自行车轮胎从侧面看像一条直线，是同样的原理。

F 书店的 K 先生也支持这个说法。并力证当彩虹起于湖泊或者河流的时候，坐船过去仿佛会融入彩虹的颜色中。真让人羡慕呀。彩虹依然存在于 Y 和 K 先生的神话中。

下次要是再见到五色祥云，无论如何都要想办法拍张彩色照片。在我那物理学家的朋友面前一晃，怎么着他也得出个一万块吧。

接着给电视台打电话。管它放什么热播节目，都必须马上中断。

"现在请大家抬头看向天空，五色祥云出现了。"至少也要广播个两三遍。嫌麻烦，独断专行，不愿插播这条消息的领导，回头要想办法开除他。

因为电视节目随时都能看到。而祥云和彗星比

起来，更难推测出下次出现的时间。

等消息广播出来，疾驰的自行车全部停下，除了手术中的医生，几乎所有人都抬头看向天空。至少有十几二十分钟富余的时间。大家一传十，十传百。如果是发生在东京的话，所有高楼上的人都探出了脑袋。不要说东京，只要能看到祥云的范围内，所有人都在同时抬头望天。

人们一齐抬头看向天空，可是千载难逢的好机会。

每天生活在机械文明中的人们，同时看到了五色祥云，肯定会这么想：

果然人类还是应该和平相处啊。

过去的四月九号那天，三亿元事件（1968年日本东京发生的现金抢劫事件）卡罗拉汽车的发现轰动一时。当天下午五点半，我待在K公司的七楼。

当时东边的窗户突然变暗，马上下起了雨。大雨如同银幕罩住了东边的天空。

而即将坠落的夕阳映照在西边的窗户上。云的移动很不可思议。云层间漏出一道光线，隐隐约约有些像彩虹。等到云开雾散，阳光照进来，东边的银色雨幕上映出一道神圣的巨大彩虹。那是我头一回见到双重彩虹。

有关彩虹的故事快要写完了，正好用这个故事来个喜剧结尾。做梦也没想到东京混沌的天空，竟然会出现如此壮观的彩虹。

白与黑

　　小时候经常玩"日光写真"，也就是晒图纸。去糖果店就能买到画了源义经、丹下左膳等画像的底片。叠在感光纸上面，经过阳光曝晒和水洗，就能得到源义经等人的肖像。

　　底片上的源义经好像黑人。晒好以后就成了肤色白皙的美男子。如同魔法般展现的图像。一张底片能做出好多张。但是曝晒时间的不同会影响成像效果。有时心满意足，有时担心失败，这个游戏让我们如痴如醉。

　　可能是因为喜欢画画，慢慢地，我开始自己做底片。从杂志上挑选喜欢的画，上面盖上一张硫酸纸，用水笔临摹。和一般的临摹不一样的是，白色的地方要涂黑，黑色的地方要留白。就好像在黑板上用粉笔画丹下左膳的感觉那样。现在用的不是粉笔，而是墨水笔，就比较麻烦了。

光是留出白色线条就不是一般的辛苦，真是说来落泪。不管怎样，小心翼翼做出来的底片，白天成了黑夜，夜晚的月亮变成白昼的黑色太阳，这点还是值得记住的。

临摹用的画，黑白分明倒还好，让人发愁的是像照片一样灰色调的地方。

我记得用墨汁试着薄薄涂了一层，可灰色在感光纸上不着色。只好无视灰度，自己决定涂黑还是留白。这样一来，就不能盲目临摹，被迫发挥创造力，倒是很好的体验。

我后来慢慢明白，像斑马、波音达猎犬这样，黑的直接涂黑，白的留白，晒出来也没有太大差别。像宫岛的大鸟居倒映在波光粼粼的水面上的图，完

全不能靠临摹。用磨秃的笔蘸点墨汁，在纸面上刷几下，就形成了海上的波浪。晒出来效果惊人，简直像照片一样，让我很是得意。

临摹时搞错黑白的关系，这种事还挺多。弄错了直接扔掉又可惜。我试着晒了一下。比如本来画的是漫画里的一等兵，晒好以后照样能看出来。这对我来说是一个重大发现。没必要费尽心思去临摹黑白线条，自由地去画就好了。

直接用钢笔画的底片晒出来以后，我看到了鲜明的白色线条。那是通过涂抹留白，无论怎样努力，都无法得到的鲜明的白色线条。

"小岛"

　　我从多摩墓地附近的石匠那里，头一回听到"小岛"这个专业术语。

　　在石头上刻字时，拿锤子和凿子慢慢雕琢。例如，雕刻"田"这个字时，会出现四个凸起的部分，这就叫"小岛"。用水漫过"田"字，形成四个孤立的小岛。所以才称之为"小岛"。

　　"小岛"被认为是刻字时最难的地方。稍微受点冲击就会崩掉一块。所以要用石膏灌在刻好的沟槽里加固，让"小岛"和陆地连为一体。

　　剪纸的时候，我总是会想起"小岛"这个词。剪纸都是连在一起的，煞费苦心不要出现"孤岛"。

也没什么深刻的理由。就是怕剪开后形成"小岛"，比较麻烦，也不结实。

现在开始用剪刀剪纸。就算剪开一半，每张纸还是连着的。继续剪下去，眼看就要剪断了，每张看着还是连在一起的。一旦你松开手，突然变成了两张。

电灯开关也是一样的道理。开或关，只能二选一。而两者之间天差地别。电灯可以一闪一灭，而纸一旦剪开，就算用再好的浆糊，也无法恢复原样。

树也一样。从地下的树根，到树梢的叶子背面，发散出无数的枝干。但没有孤立的"小岛"。一旦树枝被人折断，输出营养的通道断了，变为"孤岛"的树枝也就枯萎了。而如橡果这样，成熟以后，主动离开树干，变成"小岛"的情况也是有的。和树叶枝条不同的是，果实孕育着生命，也不能单纯地说是"小岛"吧。

我经常在画里插入文字。为了避免出现"小岛"

也是煞费苦心。好在日语有草书体，就算勉强把文字连在一起，倒也能读懂。话说回来，就算读不懂，也总比出现"小岛"好。与其说是文字，更像一幅画。

这种文字具有防止出现"小岛"的连接作用。例如，在地面和太阳之间画条线连在一起，实在无趣。而中间插入文字，就显得很自然。在这种情况下，我们是区别看待文字和画的。

这种事嫌麻烦可做不来。画草图的时候，打算分开的地方，要特意先连在一起。

可以不用切断分开的地方，最好不要勉强分开。有时候把长篇文章缩短反而更好，和这种情况相似。

过分拘泥于不要产生"小岛"，有时就无法尽情上色。预先在白纸上涂色，然后剪开。大地是绿色，太阳上红色，倒也能做到。但没必要非得做到这个地步吧。用一张黑纸就足够了。用黑纸剪红花，当然是黑色的花。但不会让人觉得不自然。就像黑白电影一样。黑色能够让我们联想到五彩缤纷的颜色。而

红色、蓝色等颜色，却无法联想到别的颜色。

用黑纸画画，不要产生"小岛"，在符合这两个条件的情况下画画，当然和普通的画表现方式不同，从而形成独特的世界。

再回到刚才的话题。听说最近的石匠师傅都是用机器刻字。关于"小岛"，就没有那么费劲了。

首先，在橡胶板上刻字，然后贴在碑石上，装进箱子里，使用压缩空气，把金刚砂猛地吹向碑石。利用金刚砂在石头上刻字，而撞到橡胶板上的砂子被弹回去，就不会刻上字。

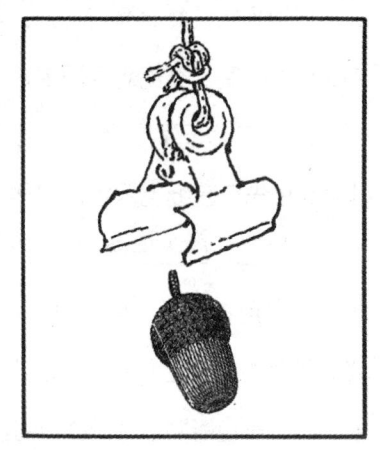

这样一来，就能用同样的深度，安全的方式刻出字来。石匠师傅没有忘记补充一句话："用机器雕刻的文

字，深度一样，感觉不到笔法。果然还是不如人手雕刻的有韵味。"

　　我曾经想过提高效率剪纸的方法，听师傅这么一说，立马干脆地放弃了这个念头。

透明人

　　小时候，街头有小贩在卖箱子形状的奇怪眼镜。据说用这个眼镜，什么都能看穿。他随便抓了个小孩子，把箱子眼镜递给他，单手举着带馅儿的面包，问道：

　　"小朋友，里面的馅儿是黑色的还是白色的？"

　　小孩停了一会儿，答道："是黑色的。"

　　"大家看啊，里面是黑色的小豆馅儿。连这么小的小孩，都能看透面包里面。利用高端科学技术的机器，就是方便啊。"小贩嚷嚷得正起劲儿呢，突然发现刚才那孩子正在用眼镜观看围观的群众，慌忙大喊道：

"喂，别用这眼镜看女人。可别恶趣味偷窥，影响我的生意。"

围观的群众都抢着去买这十文钱的眼镜。

说实话，那眼镜要是真能看穿的话，甭管是女人，还是后山、地球，全都透过去，只能看到一片虚空吧。等于什么也看不到啊。事实上那个箱子眼镜里装的都是无聊的玩意儿，什么玻璃碎片、鸟毛之类的。

现在假设有透明人。条件是身体完全透明，其他东西和非透明的正常人完全一样。除非为了防寒，否则没必要穿衣服。真套上件衣服，反而会被正常人发现，失去意义。

在我的想象中，岂不是和数学里的 0 完全一样。印刷数字 0 的时候，很想在圆圈里挖个孔看看。0 乘以 3 等于 0，任何数字都像是被吸到小孔里归零了。酒桶里有小洞也是一样。

据我调查，绝大多数人都想变成透明人。头

一个理由就是"自由"。税金、学习、兵役等，想要逃脱非透明人制定的规矩，就必须变成等于 0 的存在吧。如此憧憬于自由，甚至不惜做到这个地步吗。

变成透明人就能偷钱了，有些人的想法好幼稚。就算偷了钱也用不了。想用钱买吃的，直接偷食物不就行了吗。没必要偷钱啊。照这个思路，透明人的数学肯定和我们的不一样吧。

还有人说，只要变成透明人，无望的爱情就能如愿。但是，透明人之间相恋的概率等于零。设想他们在路上不小心撞在了一起，在这种情况下，0 加 0 等于 2 的现象才有可能发生。在数学上会有这种事发生吗？

透明人当然会爱上非透明人。这是透明人和非透明人接触的唯一机会。但就算最顺利的情况，也逃不脱单相思的命运。

所谓处女怀胎，就是这种情况下发生的现象。

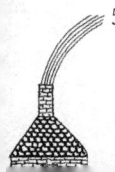

随着时间的流逝，祈祷孩子不要像母亲。终于到了预产期。妇幼医院的院长严肃地告诉家长：

"您女儿这是假孕……"

院长肯定没见过透明人小宝宝。

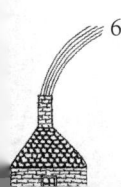

柏青哥的构造

关于柏青哥，广辞苑上是这么记录的。

"长方形箱子前面嵌了块玻璃，通过弹簧弹开钢球，进入中奖孔以后，大多数钢球弹回去，……以下省略。"

下图展示的柏青哥的构造装置。

1. 首先把小球 S 放到入口里，拉动把手然后放开，小锤把钢球 S 弹开飞出去。

2. 弹到上面的钢球，撞到了钉子等其他障碍物，随机落下来。铺天盖地落下的钢球让人心神不定。最后全部被下面的水门 O 吸了进去。这意味着出局。

3．水门连接着水坝 Q。这是第一水坝。也就是说每当钢球被弹开时，水坝的水位增高。超过定量之后，打开放水口，防止决堤的危害发生。

4．仅此而已的话，倒也没什么稀奇的。有一定的概率会发生这种情况。落下的钢球没打水门，反而进了小孔 V。这是 SAFE。

5．小孔 V 通常有六个。进入小孔 V 的钢球，跳进了 D 中。假设 D 为小狗，也就是说跳进了狗嘴里。小狗承受不住衔着的钢球的重量，低下头，钢球掉进了井里。

6．钢球掉进井里，猛烈地撞上 H。H 吃了一惊，摇动尾巴，放开了栓梢 T。

7．钢球接着离开了栓梢 T，落到变得自由的 A 的长臂上。长臂垂下来，到达井底，经过地下通道，汇入大海 W。

8．A 的长臂接住钢球的时候，脚把 A'踢上去。这就是导致水坝决堤的原因。A'的盘子倾斜，里面

通常储存有 14 个钢球，决堤后钢球流下去，通过引水管 B，撞响了大钟 K，然后流入大海 W。

9．这个时候，小狗 D 安装的开关打开，红色警灯亮起，警钟长鸣，告知水坝决堤的危险。

10．水坝决堤后很快恢复原状。全靠 A' 盘安装的安全阀在发挥作用。通常只要牺牲 14 个钢球，警灯就会熄灭。A' 恢复平衡，盘子里再次储存 14 个钢球，若无其事地恢复了原样。

11．为了便于观看让人担心的复原状况，还特别设置了一个窥看窗口。

12．由于钢球的重量压过来，引水管 B 落下去，推起小狗的尾巴，小狗再次张开嘴巴等待钢球掉下来。

13．以前的机器里没有狗。就算没有小狗，也并不妨碍钢球落入井底。但是雨季的时候，落下的钢球异常的多，假设同时有两个以上的钢球落入小孔 V。即便如此，堤坝也只会决口一次，而且马上

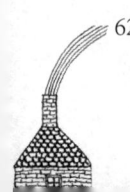

复原。

14. 这不光是不合理，反而容易产生纠纷。作为以装备运转流畅完美而自豪的机构来说，感觉很丢人。于是就设计出了小狗。小狗忠实地衔着钢球，挨个送到井底。小狗低头时进入的钢球，被另外一张嘴衔起来，存到小孔 P 里。

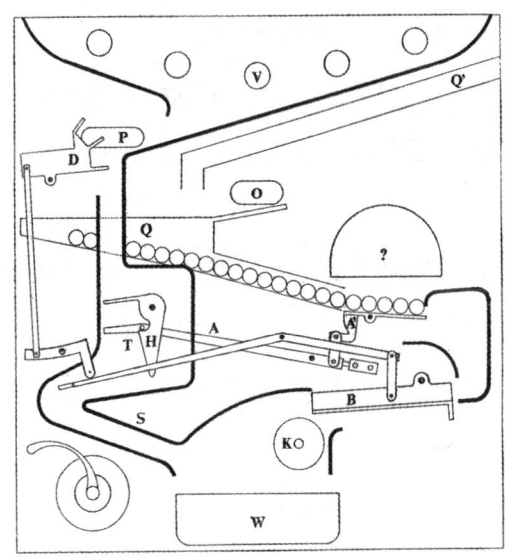

15. 储存起来的钢球通过别的把手，在任意时刻都可能被小狗衔起来。

但是这个泳池里不能同时储存三个以上的钢球。那三个以上的钢球同时流进来会怎么样？

这种情况几乎很少出现。但是考虑到随机的可能性，这种情况会比想象中多。

那么，把泳池的入口弄大就够了吗？遗憾的是，从设计上来说，并没有这个空间。

所以立了块牌子，以便应对这种情况的出现。

"出现三个以上钢球的时候，请和工作人员联系。"

作为完美的机器来说，感觉这样做不够帅气。但是这种情况下，不依赖电（依赖电的话，轻松就能解决问题），而是靠立着的牌子，倒是个好主意。

小到丢五十块钱硬币进去，就能出来热乎乎咖啡的自动售货机，大到轮转印刷机，出现了很多充满了人类巧思的伟大机器。然而一旦停电，这些机器几乎都要同时丧失功能。

话说回来，一旦停电，刚才的警灯就不会亮了。但是对整个设置的运转没有影响。

我曾经遇到过一次停电。被柏青哥机环绕的我停下了手里的动作，朝四周张望了一下。在黑暗中听到警钟响个不停，古怪而又奇妙的感觉涌上心头。

之所以觉得古怪，是因为在一旦停电所有的一切同时停止的近代文明中，看到了还在动个不停的东西。

16. 在雨季中，堤坝还没有来得及恢复原状，这时进来很多 SAFE 钢球的话，堤坝的水会是什么情况呢？

事实上，堤坝的水超过定量后开始减少，钢球入口处的栅栏落下，乍一看像是投降，事实却并非如此。

转动把手以便打开栅栏。通过这种类似祈雨的操作，连接把手的线打开第二水坝 Q' 的放水口，把适量的水导入第一水坝。

17．第二水坝的水也没有了会怎么样？没办法，这时候只能去告诉工作人员。说话举止实在粗野啊。

拳头咚咚地敲着机子，大吼一声"给老子加点球！"

18．以前有种连发式的机器。入口上面有个篮子，里面装满了钢球，可以连续弹开。这种时候岂止是雨季啊。

这种装置出现的时候，无论男女老少，贵贱高低，都对柏青哥无比疯狂。店铺比大学还多。

19．某个时期突然取缔了这种装置。说什么大人不该抢小孩的玩具。这个理由实在太牵强。真相也许是政府看不下去了吧。

取缔以后，人们才清醒过来，开始去拔田里疯

长的野草。

　　总而言之，不光是构造的精巧让人感到惊奇。是怎么计算出来钢球落下的概率，从而维持收支的呢？让人忍不住脱帽致敬设计者。

ᜤᜤᜤᜤᜤ

左撇子右撇子

这时我想起了老朋友 T。

他做的竹蜻蜓飞得很远。我特别想要，百般恳求才得了一个。放飞竹蜻蜓，却弹到了自己的手，怎么也玩不转。而朋友 T 一转，却飞得很高。

我后来才发现他是左撇子。无论羽毛的朝向，还是放飞时旋转的方向，都得是左撇子才行。

他用的刀具是肥后守的，左右两边都能用。我后来才知道刻刀必须是左撇子专用的才行。

我还有个特别逗的朋友。音符的排列是左撇子风格的。也就是说，对他来说，左边必须是高音，要不然很难受。所以他都是反过来吹口琴的。钢琴

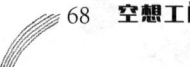

68　空想工房

也得特别定制。我曾经想过，这样一来，左右手的关系不是变得更麻烦了吗。

交通工具大多是左右对称的。但跨斗式摩托车却大不一样。跨斗式摩托车旁边装有辅助座位。

最近我在电视上看到了跨斗式摩托车比赛。司机不容易，坐在辅助席上的人也够受罪的。拐弯的时候，由于离心力的作用，辅助座位上的人就像帆船比赛时那样，抓着把手，整个身体都快撤到车子外面了。这样才能在离心力之间保持车体的平衡。

可仔细一看，就算同样拐弯，奔驰的车子采取的方式也不一样。也就是说，跨斗式摩托车的跨斗装在左边还是右边，调节的技巧是不一样的。

关于习惯用哪只手，在教育前线是经常提及的问题。大多数情况都能解决。可文字只方便使用右手的人，对左撇子很不利。

我不是专家，不知道该怎么处理这个问题。试着挑战一下，练习用左手写字怎么样？欧洲的文字都是横着写的，按理说应该更不方便。可很多外国人用左手照样写得很顺畅。又不是说左撇子很难学会认字，所以家长过于神经质，反而会导致坏的结果。"左手用筷子不成体统"，坚持这样陈腐的观点，可不值得提倡啊。

　　列奥纳多·达·芬奇、棒球王贝瓦·卢斯、日本的画家梅原龙三郎等都是左撇子中的名人。这些是特例。都说左撇子更聪明，我倒觉得这个说法也不靠谱。认为左撇子比较特殊，这个观点我不太赞成。

　　在某本词典上查"右"，上面写着"面对东方，南方就是右边"。

　　再查"南"，上面写的是："面对东方的右手边"。

用语言来表达右边，只能如此。真是让人苦笑。但绘本里画出来的话，比用语言表达更容易理解。你们觉得呢？

左右指的是用自身作为坐标轴这种情况下的位置关系。而站在对方的立场，由于朝向不同，很容易出错。面对孩子们来示范体操的老师，必须左右反着跳，就是这个缘故。

准确把握左右的位置关系以后，才能拓展到东西南北方位。

东西南北的位置关系，不是以自己为中心，不用考虑相互的朝向也能确定位置。所以很少出错。不过，这建立在双方对于哪边是北拥有共识的

前提下。如果不确定的话，东西南北也不见得方便。

在交通方面，使用上行下行这个说法。而测量师们用海的那一边或者山的那一边。

位置关系进一步发展到 XY 坐标轴，终于变得比较像数学了。

最近我去欧洲旅游的时候，都会带着指南针。迷路的时候，拿出指南针和地图对照一下，确认自己的位置。后来明白没什么意思，两三回就不用了。

像航道或者海路，直线前进就行了。而驱车前往的时候，指南针的方位，几乎没有任何意义。道路弯弯曲曲，哪有数学上的 X 轴、Y 轴那么简单明快。

例如，从地图上来说，巴黎在北边，道路却冲着南边。这种情况可不少见。欧洲大陆的高速原则上来说都是右边通行。出口肯定都在右边（终点在

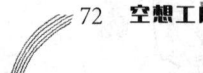

正面）。在道路上行驶的时候，从自己的角度来看，就算巴黎在左手边，可车子还是朝着右手边行驶。一直开车走直线，但道路还是画了个大大的弧度，不知什么时候就转到了巴黎的方向。

迷失哥本哈根

以前我住在名为"都营住宅"的简陋住房里。

某个星期天的午后，旁边的年轻夫妇邀请我去家里做客，说是得了稀罕的红茶。"如今立顿红茶可真是少见。"我倒了满满一杯威士忌，聊着战时发生的事。没想到喝茶也会上头，感觉晕晕乎乎的，这时我突然发现了一件奇怪的事。

邻居家和我家，简直就像照镜子似的完全对称。从洗碗池的布置到储藏室门的朝向，完全相反。也就是说，把两家隔开的那堵墙当作镜子的话，我就像钻进了镜子里。

收入一样，家具也差不多。住在差不多布局的

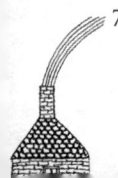

家里，就连想法也一样。挂扫帚的地方，摆个书架当书房，这些地方也完全一样。

我目不转睛地眺望四周，把整个布局在脑子里反过来，和自家的情况一对照，就连还没有参观的另一个房间，仿佛也看得一清二楚。就像对着镜子拔白头发一样，感觉很不耐烦。不知道为什么，还有点头晕。

"咱们两家什么都是对称的，看来两位都是左撇子喽。只不过夫人是美女这一点，和我家不对称。"

就这样随便聊了几句。我们倒还没什么，制作这些的木匠，肯定觉得头晕吧。

住宅新村、公寓什么的，现在有很多对称的家。很多人肯定也有同样的感觉吧。

哥本哈根的天气有些阴沉。

柳树、开满黄花的灌木同时萌发嫩芽，天空还有鳞次栉比的砖瓦房屋，都蒙上了一层银雾，周围

静悄悄的，如同古老的铜版画那样。

这座欧洲北部的都城，是我头一回见到的外国城市。如同所有的旅人那样，我到达这座小城的时候，早已筋疲力尽，却不愿老实待着，在小城里漫无目的地游荡。

我钻进偏僻的酒吧里，喝着味道完全不同的啤酒，和语言完全不同的男人，兴致勃勃地聊起了反战的话题，越南可真不容易呀，人类都是大家庭什么的。

现在想想，语言不通，怎么能聊起那么深入的话题呢。我怀着热切的心情，举起啤酒杯和那个男人干杯。要是大喊一声 Skal（干杯）就好了，那是我唯一知道的丹麦语。

也许是累了吧，喝点啤酒就有些醉了。彼时中午刚过，我的手表指向凌晨三点。在日本正是做梦的时候，而我却漫步在哥本哈根。

一座大桥上挂了很多旧式的兵器，是为了纪念

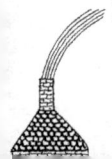

战争吧。我忽然在对岸看到了奇妙的风景。

对面的房子以大桥为中心是左右对称的。

右边有座塔，左边也有一样的塔。左边的建筑上有金色装饰，右边也有一样的。

同一个公寓的话，倒有可能对称。可以大路为分界线，是五六栋独立的房子，就像镜像一样。

照这情况来看，不要说布局了，就连楼梯，窗户的朝向、水龙头的位置肯定也是对称的。

没钱的时候住都营住宅的体验，让我一看到对称的城镇，就感觉头晕。

我从摆摊的香肠店里买了根香肠。

"那边的小镇到底怎么回事。假设在右边的房屋里住一个月，再搬到左边的屋里试试，保证你恨不得发疯。"

我可真是口无遮拦。香肠店的老爷爷笑眯眯地听我说完，又说了很多话。这回可是一句也没听懂。

据我推测这位好心肠的老爷爷应该是这么说的。

"你说的没错。那些建筑简直一模一样，充其量是钟表的表盘不一样罢了。右边的房子里有只黑狗，左边也有黑狗。右边的房门嘎吱作响的时候，左边的房门也同时坏掉。最近左边屋里住的老太太过世了，没想到右边的老太太也归西了。"

透视法的错觉

透视法的诞生

比如说，当你站在笔直的轨道上往前看，两条平行线在前方遥远的地方汇集成一点消失了。同样轨道上的枕木也越来越小，枕木之间的间隔越往前越狭窄。

这就是广为人知的透视法现象。透视法是把三次元空间画在二次元画面上时所用的法则。

这么一说显得晦涩难懂。但现在不论是谁拍照，都能在瞬间正确遵循透视法，拍摄出画面来。现在这个时代，就算不会用语言来表达透视法的原理，也明白到底是什么。

遵循透视法的图画，在古希腊、古罗马时代就已经看到了萌芽。但从理论上梳理清楚还是在被后人称为文艺复兴的艺术改革——不，不光是艺术——社会整体都在发生变革的时代。

设计了圣母百花大教堂的布鲁内列斯基（1377～1446）正确地画出了建筑设计图，画面中心是透视法的消失点（换句话说是视觉中心，上述轨道消失的点），据说是在中心挖了个小孔，在画面背后透过小孔就像看镜子一样。这就是利用了透视法，也是最符合透视法特点的最早利用的例子。镜子里能看到什么东西呢？这个问题很有趣。

丢勒（1471～1528）在符合透视法的画面里，亲眼见证栩栩如生的感觉，一定会大喜过望吧。为了准确地表现画面，他想出了很多办法。例如眼睛的位置不动，在窗户玻璃上原封不动地描绘窗外的建筑。这样画出的画便符合透视法。接下来离窗户更近一些。刚才看到的建筑也近了。这时窗玻璃上出现的建筑，比刚开始的建筑是大一些，还是小一些呢？这是透视法中比较有趣的问题。

作为科学家，留下无数丰功伟绩的列奥纳多·达·芬奇（1452～1519）也是这个时代的人。他不断推进透视法的研究，致力于透视法的完善，其功绩并不亚于丢勒。所以传说透视法是列奥纳多·达·芬奇发现的。也有人说是丢勒的发现。事实上，透视法确实是值得发现的原理。其法则规律甚至衍生出了几何学。

透视法出现在日本，和弗朗西斯科·沙勿略基督教传教同时流行开来。追溯到西洋风日本画时代，形式并不完善。到了江户中期，引入西洋技法的圆山应举等人，已经能够精确地运用透视法作画。透过视觉中心，感觉画面如此栩栩如生，不可思议，这个神秘的技法让人们大为吃惊。这种画被称为"眼镜画"。

后来，浮世绘画家鸟居清满、西洋画家司马江

汉、亚欧堂田善等人继续推进透视法的研究。和《兰学事始》的《解体新书》的解读在同一时期。从幕末到明治的文明开化时期，日本虽然落后一步，依然开始了文艺复兴。这么一说显得有些夸张了。

引诱人产生错觉

我们用两只眼睛看世界。文艺复兴前，明治时代以前，人们一定是透过眼睛这扇窗户，用透视法的方式来观看事物吧。可透视法却被称为"重大发现"，实在耐人寻味。

我们人类在掌握透视法之前，真的是用透视法的方式来看世界的吗？除了人以外，野兽、鸟类和鱼类，都是用两只眼睛观看。也就是说，

从生物学意义上来说，大家都具备感知远近的能力。但这并不是透视法吧。生物确实能够看出远近。但能否用透视法的原理来认知，对这点存有疑问。也就是说，看到后是否会这样思考。

我们看山、花或者野兽等，可以从各种角度来观看。凑近看摸一摸，从远处眺望，或者分解组装后看，抱着喜欢或者讨厌的心情观看，进而有所认知。不同的人就算看同一个物体，感受和理解也不同，就是因为这个缘故。

对此进行定义，应该这么说，我们人类在时间、空间上，移动视角，不光是眼睛，还会运用触觉、味觉等各种感官，饱含感情地去观看，进而理解和认知相关物体。

这种认知用一张画来表现会是什么样呢？为了同时表示时间变化的一系列过程，同一个人物有可能在同一张画里出现两三次。像毕加索的画那样，同一个人从右边和左边分别看到的样子，出现在同

一张画里，也并不奇怪。西欧中世纪的宗教画、日本的画卷里有很多这样的画。

与之相对的是，符合透视法的画，就像透过墙壁的小孔窥看的风景。无论身材高矮，还是不同的身份性别，大家透过同一个小孔，看到的是同样的风景。

正如前面所述，透视法是把三次元世界描绘到二次元时所遵循的规则。照我说就是诱发错觉的手段。埃舍尔（1898～1972）的画和阿尔钦博托（1527～1593）的作品有时被称为"欺骗画"。这个说法也许不是那么准确，这么说的话，埃舍尔之前的符合透视法原理的画，才是"欺骗画"呢。

按照透视法，时间和视角都固定在一点，没有激情和夸张。

就像用相机拍摄风景一样，留下了时间静止瞬间世界的样子。

举例来说，电影被称为时间艺术，和静止的图

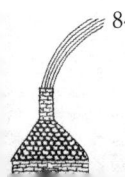

画照片固然不同。但透过镜头，从一个墙壁上的小孔窥看风景的叠加积累，这点是没有什么区别的。看电影的观众看到的是同样的风景。超越了性别和个人立场的不同，大多按照电影提示的观点，相对没有批判性地产生同感。同一个视角看到同样的风景，这么说来并不是没有关系。

像这样透视法之前和之后相比较的话，前者更有主观能动性，而后者比较客观、静态。前者是艺术性的、触觉性的，后者是科学的、视觉性的。

透过小孔窥看，截取风景的一个瞬间，其中就有值得被称为法则的数学原理。这时打开了从未有过的视野。

对我们人类来说，从那儿看到的并不是从未见过的世界，而是得到了透视法这个崭新的看法。这点非常有趣。

如今觉得透视法理所当然，但在当时刚发现的时候，却是极其崭新的见解，新鲜而又让人震惊的

视野。

我们遵照透视法，甚至产生了某种错觉。仿佛可以看到从来没有见过的东西。

例如，最近的建筑广告，比写生更加准确的想象画（这种预想图术语上叫 pers，是 perspective 透视法的简称）。另外从外面画自行车的时候，却可以用透视法来表现内部的机械部分和构造。电影、戏剧的舞台装置又是如何呢？乍一看像是实景，其实大多是平面图和照片。西洋教会的天花板壁画等，不要说高高的天花板，就连柱子、横梁上也画了画，三楼、四楼，甚至最高的天国，仿佛也画上了壁画。顺便说一句，我可没听说过这种有关天国的画叫"欺骗画"。

埃舍尔呀马格里特，其他的超现实主义画家们，把匪夷所思的世界画得好像真实存在一样。透视法在其中发挥了重要作用吧。

悖论

透视法平行线的消失点，在人视线的高度。画轨道的时候，轨道在画面中是尖尖的三角形。马格里特的《欧几里得散步之地》这幅作品，越来越窄的小路，还有酷似小路的三角形尖塔并列，看起来多少有些在嘲讽透视法。

· 水平的道路

· 三角形尖塔

· 坡道

在画面中都是尖尖的三角形。从下到上，向着视线高度的消失点延伸。麻烦的是写生下坡道的时候，画面中也是要从下到上延伸。这就是透视法的悖论难题。想要表现下坡路非常难。坂根严夫著的《游戏博物志》上刊登的怪坡现象，在真实的自然界

中也被承认存在，是个很有趣的例子。

从东京到山梨县的中央高速路的一部分，也有类似的地方。视觉上看起来像是下坡，实际却是上坡。尤其是透过汽车前窗玻璃这个框架来看周围的景色，感觉更加明显。

举个很好的例子，埃舍尔的水车图就像这样，为了表现向下，画面上却是朝上，这是个很巧妙的视觉陷阱。试着用透视法的原理来解释的话，我记得某本书上这么写道，远处的物体和近处的物体相比，在画面的更上方。作为测试题请思考下面这个问题：画面上远处的物体是否会出现比近处物体位于下方的情况？

立体镜

透视法如前面说的那样，是透过一个固定的小孔看到的风景。事实上我们能感觉到远近是因为在用两只眼睛观看。

这就像立体音响装置一样，利用左右耳听到的

微妙的声音的差别，让人产生立体感的错觉。

就算是同一个物体，左右眼看来也有微妙的差别。这叫视差。远处的物体看起来没有太大区别。离得越近区别越大。

举个极端的例子，看自己的鼻子就知道了。用右眼看鼻子在左边，用左眼看鼻子在右边。左右的差别可就大了。视差在自己的鼻子处是最大值，而在无限的远方就变成了零。

计算视差时，就像两个镜头同时按下快门的立体相机。像这样拍下的两张照片，通过调整镜头，使得看起来像一张照片。就像听立体声音乐一样，平面照片看起来就像立体的，真是让人吃惊。

小时候，我在学校图书馆看到立体照片的时候，激动得心里怦怦直跳。上面刊登了土佐的长尾鸡、山梨县的葡萄园等照片，类似日本地理图片集吧。我现在依然难以忘怀当时的震惊，真想让现在的小朋友也体验一下。

用红色蓝色的玻璃纸代替镜头，左右眼分开使用的情况也有。通过某种技巧和反复练习，没有镜头和其他装置，也能做到直接把两张图看成一张立体图。坂根严夫写的《美的坐标》里就有一个很好的例子。

这些都不是立体的，却利用透视法的错觉，巧妙地让人感觉像立体的。

拓扑学

在透视法的视野中，轨道的两条平行线，越来越窄，最后消失于一点。那么巧妙地画出两条间隔越来越大的线，从某个点来看的话，是不是反而能得到两条平行线呢？NHK《生活的智慧》栏目曾经用拔河的绳子做了个实验。确实得到了预想中的结果。照这样的话，绘制末端越来越宽的线条的方法，可以称之为反向透视法。

这个展览会《游戏博物馆》中能看到的几幅作品中，荷尔拜因绘制的《大师们》这幅画最为有名。

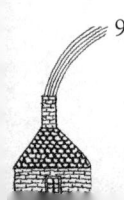

画里有一个正面看不出是什么东西的物体，但是站在画面侧面看就会发现，原来是头盖骨。

先画一个正常的头盖骨，然后用方格纸 A 进行测量，而画面中绘制反向透视法的方格 A'，然后把 A 移动到 A' 的坐标。感觉像用力扯开画在气球上的脸。与其说相像，不如说原理一样。这样画出来的画当然扭曲了，但即便是扭曲，也符合某种数学原理。

气球鼓起来以后，上面的画也会变大。和把脸贴在凹透镜上的情况一样。如果是把脸贴在更加扭曲的镜子上会是什么样呢？彻底变形，完全看不出是自己的脸。

我们设定原来的图像为 A 和失真像 A'，A 和 A' 的变化符合一定规律的话，可以把 A' 复原为 A。

刚才说的荷尔拜因的画、隐藏画、变形画等，A 和 A' 之间符合一定的规律。例如变形画的情况，圆柱镜就相当于两者之间的规则，这个规则相当于

数学上所说的函数。

与此相对的是不规则变化。例如把照片随便揉成一团，或者撕成碎片，就很难复原成 A。这和复原烂成碎片的乌龟的考古学的方法以及拼图很相似。

反向透视法的图、变形画、隐藏画等失真像，在人眼看来变化太大，很难想象原来的图像。而拼图的偏差更大。原来的图像变化再大，也不会出现眼睛和嘴巴调换，或者眼睛和手互换的情况。也就是说，只考虑物体间的位置关系，不关注距离。和新的数学学科形势分析学，也就是通常所说的拓扑学的想法是一致的。

把失真像和原来图像的每个点挨个进行比较，如果能一一对应的话，在拓扑学看来两者是同一个东西。这么说显得太理论化了。虽然肤色和眼睛的颜色有很大差异，但大家都是人类。归根结底，就是因为有一一对应的关系。大家靠直觉就能明白的事，再分别一一对照，反而感觉有些奇怪。

例如人类和猴子进行比较，大部分的点都能一一对应。而猴子有尾巴，至少说明它不是人类。

人类在拓扑学层面是完全平等的，没有丑女和美女之分。

只考虑位置关系，忽视距离。

重视顺序，忽视时间。

把这两点纳入脑海思考问题，就会发现很多有趣的事。不光是反向透视法或者变形画这样不可思议的失真像，你会发现我们周围也有很多实际的例子。

和旁边的人聊天相比，有时候打电话和德国居住的人说话反而更快。

在成田机场送人去国外，等自己到家的时候，没准儿人家早就到香港了。

根据学校制度和行政规划，有时候家门口的学校也上不了。

隔着一条河的话，看似近在眼前的房子有可能

相隔甚远。熙熙攘攘的商业街上时刻更换着不同的人流。

环球旅行的时候，刚离开成田，就在不断接近东京。人刚出生，就在不断走向死亡。

1969 年，英国的罗宾·诺克斯·约翰斯顿乘坐帆船，从法尔茅斯港出发，完成了世界首次单人不间断环球航海旅行。当罗宾回到出发地法尔茅斯港，沉浸在旅途即将结束的感慨中，正在犹豫是否上岸的时候，海关人员划船过来，问他："你从哪里来的？"罗宾冷不丁答了一句。

"我从法尔茅斯来。"

据说堀江谦一就是受到这句话的刺激，开始挑战环游世界的记录。

这就是只考虑位置关系，忽视距离的趣事。

从《游戏博物馆》里共通的几个问题中，我只列举了古典的透视法、现代拓扑学这两个观点。但这两个见解足以为人们打开崭新的视觉世界，正如

让人产生错觉的透视法那样，忽视远近距离的拓扑学也会诱导人产生错觉，不，我发现它是能更加敏锐地观察自然的思考方式。

　　有时是"游戏"或者"讽刺"的视角，有时是通往未来的科学视角。

绘本

自然会模仿艺术吗？

我是头一回来波士顿。所以不知道波士顿图书馆就在有些眼熟的三一教堂前面。

头一回见三一教堂，为什么会觉得熟悉呢？因为我曾经以这个教堂为中心，画过波士顿。

那张画很奇妙。

我听说波士顿的市民们都觉得，地球是绕着波士顿转的。是真的吗？所以，画完教堂以后，我在前面的广场上，画了个好像陀螺轴的巨大地轴。

我用来参考的照片上没有什么地轴。当初画了地轴的地方现在建起了一栋高楼。

国际儿童图书馆会议在此地召开，并把会议的

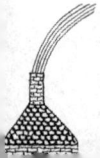

实况向全世界转播扩散。这么想的话，地球绕着波士顿旋转也不是玩笑话喽。

能让地球围着转可不容易。

请允许我向波士顿图书馆的各位女士先生，以及协助运营国际会议的相关人士表示衷心的感谢。

王尔德的箴言

"自然（生活）模仿艺术"是奥斯卡·王尔德的名言。

这到底是什么意思呢？比如说，风景画是以风景为蓝本进行写生，可以说艺术在模仿自然。怎么想也不会是自然在模仿艺术吧。

话说回来，单纯的风景写生到底算不算艺术，也是个疑问。让自然来模仿的艺术，到底何等高明，我忍不住思考起了这个问题。关于艺术没有固定的说法，定义很含糊，那么，我们就按照通常所说的艺术的含义继续说下去吧。

奥斯卡·王尔德被认为是艺术至上主义者。人

类创作的艺术至上，也就是所谓的唯美主义代表性作家。

这句名言听起来像是在说艺术比自然更伟大，很显然这不是反讽，就这么直接理解字面含义也可以。

但是，站在绘画的角度，我想解释一下这句名言。这同时意味着，我将要阐述的是自己对绘本的见解。

凝视局部

凝神细看时，只能看到视野中的一部分。意外的是这点很容易被我们忘记。

我们的眼睛，并不能认知所有作为光线映入眼帘的东西。例如，同时看到一群人的时候，我们不清楚每一个人的外貌，只知道那是一群人。

读书的时候，每个字挨个看过去，理解的却是文章整体。看东西时也一样。音乐亦是如此。整体是一首交响乐，但我们侧耳倾听，却只能听到特定

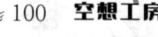

的，比如说小提琴、小号等部分演奏。

如果你认识那群人中的一个，就会把所有注意力集中到他身上。这就是凝视。假设把那个人带到工作室，准备画下来。这时就要凝视鼻子、眼睛等局部，然后在画布上再现。

绘画老师经常说"不要光看局部，要把握整体"。不看局部看整体，实际上是不可能的。绘画老师说这句话的意思是，"局部构成整体，画画时要多想想局部和整体的关系"。

石膏素描正是如此。凝视局部的累积。可这样的话，就会导致石膏像整体都是焦点。每个角落都是焦点的石膏像，和我们所认为的石膏像不

一样。只有把焦点定格在石膏像的一部分，区分其他部分的明暗，适当模糊焦点，才能画得栩栩如生。

像这样，我们通过凝视局部的累积，来认识整体。凝视局部很重要，但这并不意味着只要凝视的结果表现出来就可以了。认知和表现之间存在微妙而巨大的差异。

例如，漫画和交通标识中牛的图案、横穿马路的小朋友的图，这些你不用凝视，也知道表现的是什么。

因为把要点抽取出来，进行了符号化。当然了，我们不应该忘记符号化的前提，就是深入的观察和凝视。

这个时候，漫画或者符号化的图画得实在太好了。和看着真正的牛进行认知相比，通过符号化的牛来联想实物的牛，反而更轻松。

例如，通过小狸猫的画来想象真正的小狸猫，反而觉得实物不像，还会生气。

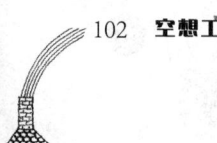

我长大以后才见过真正的小偷。打小脑子里就灌输了小偷的形象，而真正的小偷却是那样一位绅士，差距之大让人惊诧。

继续讨论下去的话，感觉很快就能得出结论。

还是继续思考关于凝视的问题吧。

看不到瞬间

不可思议的是，我们经常会觉得照片和被拍摄者不太像。这是为什么呢？

用一句话来说，因为照片是瞬间的影像。我们认识一个人的时候，知道他笑的样子，哭的样子，侧身时的样子。有时还知道对方特别年轻时的相貌。我们还知道，人时刻在动，不是静止的。

某演员不管怎样乔装打扮，都能认出来是同一个人。因为我们知道人是在动的，要从时间维度上去认知。用时间尺度相对照的话，瞬间的影像不符也在所难免。

1899 年，艾德伍特·谬布瑞杰 (EADWEARD MUYBRID) 打造的写真集 *ANIMALS IN MOTION* 非常有名。例如，把一匹马奔跑的样子，分别拍摄成十几张瞬间写真。这部写真集里收纳了很多这样的动物照片。

过去能够轻松把马画出来的人突然失去了自信。这也难怪，因为写真集里的马出现了很多让人意想不到的姿态。

赛马海报大多以照片为蓝本创作。我们觉得不舒服，是因为看到了马的很多奇怪的姿态。

兔子竖起耳朵跑。这个说法很有名。我在照片里也见过兔子竖着天线一样的耳朵奔跑。

和我们认知的形象相对照，兔子的耳朵如果没有随风摇摆，我们就会不甘心。

新视觉

在照片发明之前，我们从来没有见过子弹打碎灯泡这样残酷的瞬间。

除非进行综合性判断，否则我们无论怎样凝神

细看，都无法承认瞬间的存在。

由于镜头和照片的出现，人类的视野得到了惊人的拓展。平常用的眼镜当然也在此列，还有望远镜、显微镜等，进一步通过汽车和飞机，使得俯瞰和高速行驶中的观看成为可能。有一张从飞艇上俯瞰巴黎街道的老照片。现在看来很普通，但一想到那是人类头一次用鸟的视角去俯瞰世界，便有些感动。像这样，我们人类本来无法看到，或者没必要窥看的世界，也揭开了神秘的面纱。

到了现代，视觉世界的变化更加剧烈，对艺术表现也有不小的影响。立体派、构成派等让人做梦也没想到的艺术运动兴起，不断拓展美的疆域。

大自然的秩序

现在假设有一棵树，任其自然生长的话，从萌芽到腐朽的过程，一定都很美。

与之相对的是进行人工干预，修剪成圆形或者四方形的树，看起来只会觉得奇怪。从这种意义上

来说，我觉得自然之美非常珍贵。这么一来，听起来就像在说美丽的山川、湖水、野花，用一句话来说，这些美到可以拍成明信片的风景很美。当然了，能拍成明信片的风景怎么会不美呢？我所说的自然，指的是重力、风化、生命等自然秩序，或者说大自然的法则等，遵从天意、顺其自然的东西都很美。

那么，海底、树根、人类的皮肤里面又如何呢？这些同样遵从大自然的秩序，同样遵从大自然的支配，为什么会觉得树根和海底有些别扭呢？难道说只有我一个人有这种感觉？

这也难怪，海底和地底，本来就没有包含在我们日常的视野之中。话说回来，现在这个时代，就连违和感也属于美的一个要素。

刚才我说了顺其自然的肯定都是美的。事实上却是反的。我们必须得想到这一点，人类和鸟儿野兽同属自然的一部分。我们学会的不是自然

美不美，而是从自然的秩序和法则中，感知什么
是美。

视觉世界不断扩大，窥看海底和微小的世界也
成为可能。至于这些到底美不美，我觉得应该用原
来拥有的视野尺度去对照、思考和感知。

事实和真实

正如上文所说，我们周围的视觉世界不断扩大，
日新月异地变化。但是可以这么说，我们对事物的
见解和思考方式，不是基于照片的事实，而是像图
画一样的真实。

意思是说，不是基于兔子竖起耳朵奔跑的事实，
而是兔子奔跑时耳朵随风摇摆的真实。

这里说的事实，意思是真正发生的事。事实在
时时刻刻被时间淹没。所以，必须记录下来的事
实，要通过照片、画、测量仪等各种手段进行信
息化。

事实→信息

真实←信息

通过信息进行再现，在此我们说这是真实，不是事实。

比如说，交通事故发生了，警察要拍照、测量，进行信息化作业，以便再现事故现场，应对以后可能会发生的纠纷，尽量进行正确的判断。

假设要打官司，进行实地调查的时候，就要以那些信息为基础，再现事故现场，这就是真实。

再举一个例子吧。把行李存到寄存处，得到了一张存条。

这意味着行李这个事实，变成了存条这个信息。拿着这个信息，寄存处就会把行李还给你。还回来的行李不是事实，而是相当于真实。可以说这种情况下，事实和真实几乎是一样的。也有人会较真，不，就算只寄存了一个小时，没准儿里面的东西也会变。

那么宝藏图呢？按照地图这个信息，寻找宝藏

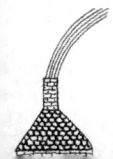

（事实）隐藏的地方，按照地图所示，准确挖出宝藏的时候，会让人产生一种错觉，宝藏是按照地图的命令被藏起来的。

这个话题继续进行下去的话，也会得出仓促的结论。

真实和虚构

用记录事实同样的语言写小说或者童话。

用记录事实同样的图画也可以创作绘本。

信息→真实（非虚构）

信息←虚构

真实和虚构，是信息妈妈生的两兄弟。

我在《ABC 之书》中 "D" 这一项画了个恶魔。结果有个英国人说："恶魔才不长这样儿呢。应该是这样的。"我按照英国人的描述，重新画了个恶魔，就是现在发行的《ABC 之书》上的版本。

那么，那个英国人见过恶魔没有呢？他没有见过，为什么可以否定我画的恶魔呢？

他当然不可能见过了。但他从小就比我接触到更多的趋近于真正恶魔的信息。这些甚至会被误认为是真实的信息，已经定格在他的脑海里。

这种珍贵的印象世界可以称之为文化，也就是创造出实际并不存在的世界的珍贵世界。

相信魔女这种子虚乌有的人物真实存在，在那个可怕的年代里，据说有几十万人被处以火刑。如此一来，我们甚至可以说真实和虚构岂止是兄弟，简直像是双胞胎。

所以，虚构在努力模仿真实。而真实也会不时效仿虚构。

继续这个话题，一不小心又要得出了结论。

画和窗户

画和绘本，就算说它不是艺术，只是刚才所说的信息，也很好理解。

对于说我不懂画（艺术）的人，我总是这么回答，你就当画是扇窗户就好了。这么说有些在逃避

责任。

很多人都觉得画充其量是房间里的装饰。但如果是窗户的话，可就不是简单的装饰了。

正如我们透过窗户眺望外面的世界那样，透过画这扇窗户，就能看到其中描绘的世界。

很久以前，画让我们看到了天堂、地狱和神话的世界。

某个年代，为了随时能够回想起那些值得纪念的事，画家将国王和勇者画了下来。

随着时间的流逝，风景画诞生了。正如字面意义所说，这就像冲着外面的风景打开的一扇窗。

后来发现了透视法，绘画工具得到改良，技术不断进步。画作变得栩栩如生，就像现在的照片那样，甚至更加写实。当"绘画"这扇窗和真正的窗户没有太大区别时，人们才意识到，这扇窗有点奇怪哦。

美术的历史，按理说应该以接近真正的窗户为

目标，不断前进。可人们却开始觉得，不想要这样的窗户。

印象派以后，一直到现在艺术上的变迁，是美术史上史无前例的激烈变革。

科学、宗教、政治等，文化整体也猛地拐了个弯。

也许有人会说，现在的绘画太奇怪了，完全看不出像窗外的风景。但这依然是窗外的世界。只不过，有时候不是我们见过的森林、河流的风景而已。

例如，我们通过毕加索的画这扇窗，窥看了毕加索的艺术世界，并为此而感动。这种感动的本质，和所谓风景画中得到的不同。而从窗户中得到的满足感，古今中外并无区别。

那么，绘本又是什么情况呢？

并排有很多窗户，时刻在变化，这一点让我联想到火车的窗户。

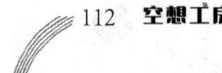

但是，仔细想想，绘本像窗户，只是对大人而言。大人欣赏窗外的世界，却不会纵身跃出。而小朋友不一样。他们会跳进绘本的世界里。这么一来，与其说绘本像窗户，不如说是一扇门更时髦。

画和语言

据说"人类用语言来思考"。没有语言，就无法在脑海中记忆、整理和按序思考。通过可以称之为语言影子的文字，来存储思绪和记忆，交换信息，不断拓展各种想法。这些不用说大家也知道。

但我觉得，人也可以用画（图像）来思考。例如，地图、带文字表盘的钟表、几何学等，就属于用图像思考的范畴。

不知道"虫子"这个词的小朋友，第一次见到虫子时，会想什么呢？小朋友只能和这个来历不明的东西展开直接的对决。如果这个小朋友比较积极主动的话，还会给虫子起一个只有自己明白的名字

（语言）。然后，给予名字之前的新鲜而又珍贵的体验，就被替换成语言这个抽象的东西。

以后，小朋友会通过别人的教导，学会这种东西的共通语是虫子，或者说蟋蟀。大人以为小朋友看到蟋蟀时说出蟋蟀，就是理解了。

可怕的是，就连小朋友自己也开始认为记住蟋蟀这个词，就是理解了那只虫子的含义。

他知道的不是蟋蟀这种东西，而是"蟋蟀"这个词语。

用语言思考是直线型、理论性的。与之相对的是，用画（图像）思考属于平面型、直观性的。

我并不是说，用画（图像）思考优于用语言思考。此时我想起了二十世纪初某位哲学家的疑惑。

哲学家住在语言的世界里。他用语言解决了各种命题。什么是善？什么是谎言？语言是什么？……但他们陷入了想给语言下定义时，必须用语言来表达的悖论中。

 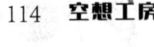

当然，这个悖论据说已经解决了。如果不是这样的话，哲学这门学问早就消失了。我想说的是，就连哲学家也不得不承认，语言这种东西实在很含糊。

现在我想起了海伦·格勒。

海伦看不见、听不到，也不会说话。家庭教师莎利文为了教育这个可怜的孩子，费尽了超乎想象的辛苦。

有关海伦·格勒的传记电影《奇迹之人》有这样的情节。莎利文老师让海伦碰了下水，然后在她的手心里写下 water 这个词。又让她碰了一下从井中水管喷出的水流，再次写下 water 这个词。

对我们来说这是文字，可对海伦来说，却像是奇怪的咒语之类的东西吧。因为她并不知道有文字和语言。每天玩这种咒语游戏让海伦很厌烦，有一天，她突然跑出家门，迷失方向后竟然掉进了河里。在后面追赶的莎利文老师也掉进了河里。海伦全身

湿透了，莎利文老师在她掌心里又写下了 water 这个词。

海伦如五雷轰顶，这才明白原来杯子里那个莫名其妙的东西、从水管喷出的东西，还有现在弄湿了身体的东西，都叫 water 啊。

原来每个东西都有名字，名字用文字来表达。海伦大喜过望。一直到昨天都以为是咒语的 earth，原来就是大地啊。两行泪水止不住地流下来。海伦仿佛睁开了眼睛，通过语言这条通道，奔向光明的世界。

海伦的父母不用说，就连对莎利文老师和我们来说，这都是难以忘怀的事件。

这是对人类来说，语言诞生的无

比戏剧性的画面。

通过这件事，不光是理解语言的重要意义，我希望大家关注在语言文字没有任何意义时海伦的感觉。这和刚才说的不知道蟋蟀这个词的小朋友，见到蟋蟀的情况有些相似。

用语言思考是间接性的、知性的，而用画像感知，是直接的、感觉性的。

用语言思考，不光是自己思考，还可以传达给别人。与之相对的是，用画（图像）思考无法把思考的内容传达给别人。如果非要传达给别人，还是得借助语言的力量或者画图。也就是说，为了思考，就算是用画（图像）思考的情况，也得置换成语言。这时我得稍微订正下之前说过的话。我一直说的用画（图像）思考的意思是用画（图像）来感知。

感知到的东西要想传达给别人，语言不可或缺。告诉别人路怎么走，数学题怎么解，可以用逻辑性的语言。而传达感觉却很难，有时甚至无话可说。

例如，自己现在很悲伤，要想思路清晰地表达出来，可以说明悲伤的理由，即便如此，还是很难向别人传达出悲伤的感觉吧。

更何况，看到大自然和艺术品感觉"好美啊"这种复杂的感情，很难从自己知道的词汇中，挑选合适的表达出来。

如果非要挑选词汇来表达的话，即便不是"诗"，也可以说是诗的原型吧。

大人费尽心机挑选词汇，而孩子们却能随手拈来。简单直白的孩子的语言，反而更像诗句。

像这样在用语言表达之前的直接的、感性的世界，他人几乎很难进入。艺术教育（包含诗）就是在尝试碰触这个世界，但是可以说目前还没有确立值得信赖的方法。

可以说和"用语言思考"相比，幼儿仍然居住在"用画思考"或者"用画感知"的世界。也就是说，第三者进入这个世界，引导孩子把感觉或者感

情朝让人期待的方向发展还是有可能的。

正因如此，我们才说幼儿教育、初等教育具有重要的意义。绘本在这个时期将会发挥最大的作用。

好玩又好用，知识变得丰富，绘本不是出于如此单纯的目的而存在。而是无意识地直接作用于孩子的心灵。

有个八岁的孩子读完我画的《点点》这本书，用放大镜看了电视的画面。发现电视画面是点点的集合，就写了篇作文。

"我今天有个大发现。"孩子好像是这么写的。如果我是老师，告诉她万事万物都是由点点组成的。

那又会是什么情况呢？也许她学会了一个知识，却不会说"我今天有个大发现"。

因为大发现不是教会的，只能靠自己紧紧抓住。

出发来波士顿之前，我收到了一封来自纽约的信，是一个叫 Madoka Ayaki 的九岁小女孩写的诗。

请大家听一听。是她读了我画的绘本《数数看》后创作的诗。

All About Anno's Counting Book
First there is nothing
No, nothing at all

But next, there's a cozy little house
Inside there's probably a little mouse

Next, there's two of everything
Two of anything

Three little boats in one row, not two rows
And three butterflies that look like three
yellow bows

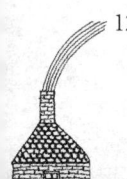

Four fat pigs having their lunch

And four young children huddled in a bunch

The clock strikes five

And the groom and bride arrive

Six children having a race

Few pretty ladies dressed up in lace

Seven sheets hung on the clothes-line

When they are dried they will look very fine

Eight children swimming in the stream

They look like they are one big team

Nine handsome horses walking down the road

That's funny there's nothing in the stream,

121

not even a toad

Ten barrels neatly stacked

I wonder what someone packed

Eleven birds flying South

A woman shouting with an open mouth

Twelve children walking to the Christmas tree

Twelve reindeer flying free

                              by Madoka Ayaki

　教师会推动孩子成长，但书籍什么也不做。如果读者方面不进行推动的话，书籍没有任何意义。当读者来推动书籍的时候，即使发生了足以称之为"大发现"的事件，也不足为奇。

　例如，假设有个几何问题，"三角形的内角之和

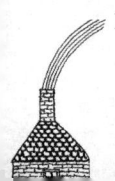

等于 180 度"。教师把这个问题的证明方法教给学生，学生能够重新推算一遍，考试也许会通过。但仅仅如此，只能说他知道了，但是否真正理解还是个疑问。

只要是三角形，不管什么形状，到底有多大，三个内角和都等于 180 度。接受这个真理时甚至产生了泪水夺眶而出的感动。所谓感动，指的是超越语言，深入人心的状态。这种感动我称之为理解。理解和创造是同样的意思。

这种感情，正如两千年前欧几里得撰写《几何原本》时的感动。

和演奏家领悟作曲家灵魂时的感情相似。

我再重复一遍，领会前辈的感动，为我所用是创造，而只学皮毛的是模仿，两者有所区别。也就是说，照着乐谱弹钢琴，不一定能称之为音乐。

"艺术和科学领域，几乎所有新的发现和发明都已经展现，没给我们剩下什么。"有人对此深以为

憾。然而，还有很多事情没有研究透彻，不光如此，把前人的感动为我所用就是创造的话，说明还有无数和新的发现、发明同样价值的东西等待我们去创造。

像这样把前人积累的见解和想法为我所用，我们才能理解自然之美以及隐藏在自然中的科学法则。

事物的见解、想法，代代相传，不断扩散，描绘了一个大大的圆，从今天到明天，不断地传承下去。不知不觉中，就汇聚成了文化。

例如，古埃及时代的艺术具有特定的样式，透视法发现之前和之后的画作，能看到显著的差异，这些都凝聚着对事物的见解，正如刚才说的那样，意味着这些见解被富有创造性地代代传承了下来。

艺术乍一看像个人表演，归根结底，生在特定的文化背景下。拥有对"事物的见解"，乍一听显得有些不可思议。因为面对眼前的东西，按理说每个人都是在同样地看。但是到了用画来表达的阶段，

你才会发现见解的差异。

例如，观察人脸并画下来，这还算简单，仔细观察就可以做到。但是，仔细观察人的后背，非常困难。因为后背乍一看没什么特别的。所以，初学者总是用肤色直接平涂一遍。

当这个学画的学生看到安格尔的画时，才知道人的后背应该从哪个角度观察。

雪花的结晶是正六角形，我们容易仓促地下结论，自然遵从数学法则。道路和地图上画的一模一样。

通过安格尔才知道人的后背是什么样，或者说看完梵高的向日葵，再看自然界的向日葵时眼光发生了变化，这个时候也容易仓促下结论：自然在模仿艺术。但是，这样早下结论也无妨。

可以说前人留下的科学和艺术实在太出色了，就连自然也要模仿。

"自然模仿艺术。"王尔德的感情的起伏，直接

凝练成了这句话。我喜欢这句话。画画和创作绘本时，我经常会想起这句话。

讲演由萨姆埃尔·莫斯和长泽立子两位翻译。草稿是井上博子翻译的。会场上除了四位素不相识的日本人，还有渡边茂南先生。有他陪伴我心里踏实多了。

波士顿的午后，日本还在做梦的时间，我解放了。

请允许我向两位翻译以及给予协助的各位表示衷心的感谢。

（1977 年 5 月 14 日，波士顿图书馆国际儿童图书馆会议的讲演）

《不可思议的画》

　　最近我回了趟老家津和野。几十年没回去了，故乡早就变了样。但幼时嬉戏的道路、老房子和山川，好多都还在。

　　和故乡的重逢，有件事让我觉得很不可思议，以前汽车都能开过去的路，现在怎么也过不去了。也就是说曾经以为很宽的路，现在看起来特别窄。

　　还有呢，曾经以为特别高的红色鸟居、上学的路上总能看到的大大的隧道，没想到那么矮，那么小。

　　而且从家到学校的距离竟然那么近。以前要花一天的时间远足去的隔壁村，现在开车不到十分钟。

我这才深切地体会到，小时候身材矮小，步幅、视野不同，和现在眺望的世界简直完全不一样。

我蹲下来，试着用孩子的高度来观看从前的故乡，还是没用。

那不是孩子站着，只是大人在蹲着看而已。

通过这件事我明白了一个道理。该如何看，这种视角（不光指的是目光的高度），对事物的见解和想法有很大的影响。

《不可思议的画》这本书，大家看的时候觉得好玩就行了。孩子们看了，可以自由自在地抒发不同的感想和看法。这些看法没有对错。

为了孩子，最好不要多加说明，让他们先入为主。这就像小时候的我，从来没有想过道

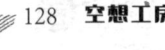

路的宽窄。

我希望孩子们能自由地看这本书，哪怕留下一点模模糊糊的记忆也好。等过了几年，他们长大了，肯定会产生不可思议的感觉，就像我再次看到故乡时的感觉那样。只有当那个时候，这本书才是真正"不可思议的画"吧。

那是镜中的世界，也是鸟眼俯瞰的世界。或者像苍蝇那样，停在天花板上，天地倒悬的视角。

部分记忆连在一起，组成整体的时候，有些没有连上的地方，或者连接的方式很别扭。

回想地图道路该怎么走的时候，经常有这种体会，甚至会觉得表里混乱，有点眩晕。

像这样崭新的观点，最终将通往拓扑学这种现代数学的思维方式——埃舍尔和达利创造的超现实的艺术世界。

到那时这种视角就会变得习以为常，不足为奇。

有关《不可思议的画》

——为了免于火刑的供述

被告的供述

法官大人，没错，是我画的这本绘本。但这事说来话长……

什么？年龄吗？昭和十五年（1940年）三月，我出生在T镇。所谓T镇是山阴的古老城镇。四面都是山，方圆百里的天空就像锅盖一样笼罩在头顶。不知道山那边是什么样？这个不可思议的念头打小就没有离开过我的脑海。

长大后我才听说，山那边也有村庄和城镇。更

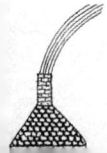

远的地方是大海，海水很咸，鱼儿住在里面。但大山外的世界，对我来说就像海里的龙宫那样，只是空想的世界。

空想无限自由，不合理或者不方便的，冷不丁蒙上一层雾，或者随心所欲描绘得无限美好。

故乡的山挡住了我的视线，却让我看到了美丽的空想世界。山那边的白色小路，仿佛永远没有尽头。穿过城镇，越过村庄，小路的尽头就是非洲的一丁目。

非洲大概就是天涯海角吧。海水像瀑布一样飞流而下。

据说中世纪都是这么想的。在那个时代，哥白尼首先提出了是大地在动，他的想象力多么丰富啊。

小时候头一回听说地球是圆的、是地球在动的时候，我简直大吃一惊。

我以为地球和橡皮球一样圆圆的，人都住在里面。太阳浮在正中间，从烟囱里喷出的很多烟雾变

成了云朵，有时还会把太阳藏起来。

　　这下可麻烦了。井可不能挖得太深呀。万一挖得太深，不就到了地球的背面吗。地球的背面到底是什么样的呢？那是一片漆黑的黑暗，摸起来像臭水沟，里面爬着好多不知名的怪物。

　　我经常偷偷看像这样可怕的世界。把镜子放在地上，往里面看就行了。法官大人，请您检验一下。啪嗒一下露出一个洞，出现通往地球背面的路。洞里有房子、电线杆、森林和大山，全都是倒着的。脚下只要一滑，就会掉进深不见底的天空。

　　镜子在地面弄了个洞，这是想象地球背面的一个线索。

　　洞里可怕而又美丽，但真正的洞肯定让人觉得反胃恶心。在闪电划过的暴风雨之夜，把镜子放在地面上，也许能看到地球背面真实的样子。

　　什么？你说我疯了？不，我没有。这是医生的诊

断书。说我只是慢性空想泛滥症。请您听我说下去。

那是通往 Y 村庄的人烟稀少的小路。我和 K 一起走着走着，突然犯了病。

"K，其实我是狐狸变的哦。"

听我这么一说，K 吓得跳了起来。

"那你在骗我喽。"

"对呀，骗你的。"

K 吓得脸色大变。这下轮到我害怕了。我跟在逃跑的 K 后面大声喊道：

"刚才骗你的。我不是狐狸。"

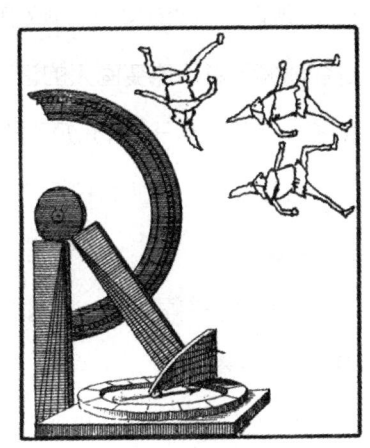

不会吧，难道真的长尾巴了？我摸了摸裤子下面的屁股。

如果想变成真的，只要念咒语就

行了。念了咒语，不光是狐狸，想变成大灰狼也行。

更小的时候，完全不用借助咒语这种堕落的手段。无用的知识增加以后，没有咒语就变不成狐狸。

我小时候读过一个故事叫《魔杖》。魔杖转动三圈，念完咒语，愿望马上就能实现，飞到你想去的地方。对我这样喜欢空想的孩子来说，这可不像是骗人的。

有一天，我按照故事里的方法，偷偷念起了咒语。

"现在我想变成狮子，现在我想变成狮子。但要是变成狮子就不能变回人的话，我只想当一小会儿狮子，我只想当一小会儿狮子。"

念完咒语，我抓着扫把转了几圈，小心翼翼地睁开眼睛。

浴室镜子前面，有一个刚才是狮子，现在又变回小孩的身影。

请您原谅，不光是我一个人念咒语。打上古时

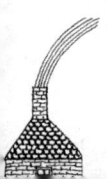

代起，人们就开始念咒语，向老天祈祷下雨、五谷丰登。当人们无能为力的时候，就会依赖咒语这种最原始的魔力。

我想当时的咒语师和魔法师，肯定比现在的政治家得到更多的喝彩，比科学家得到更多的尊敬。我也有点害怕魔法师。

庙会或者节日，魔术师、杂技团演员证实了魔力的存在，尽管法力浅显。打开开关，就会说话、演奏音乐的收音机，对我来说就是魔法师。

请、请您继续听我说。后来我才知道收音机要靠电，圆圆的地球在转动。

也就是说，当我知道人住在地球外面，宇宙有无限大的时候，脑子里掀起了剧烈的变革，感受到类似迎接文艺复兴时历史的阵痛。

对，对，这话说得有点夸张。不管怎样，当咒语师和魔法师从我面前消失了踪影，我才明白仿佛

有魔力般的科学，是很严肃的现象。

挪开故乡那日益荒芜的大山，对面也没有虚构的世界。

幸或不幸，我没有出生在火刑泛滥的中世纪，而是科学露出曙光的二十世纪。

我不再相信占卜、咒语、奇迹和魔法。可我并没有变成连神也害怕的巨人。

咒语师屏住呼吸，在我身体里缩成一团。请您听一听我的自问自答。

"你真的相信咒语有法力吗？"

"嗯，有一点。"

"你认为念完咒语就会下雨吗？"

"嗯，下过雨。"

"那也有不下的时候喽？"

"经常有啊。但总会下雨的。"

"这不是废话吗。你就是靠这个骗人的吗？"

"不，我可没骗人……只是大家让我祈祷……我

被逼无奈，只好念起了咒语。"

"什么被逼无奈？你还挺会狡辩的。你不是比别人更清楚吗，咒语没什么用。"

"是的。可大家……"

"笨蛋。大家明知道是谎言，也甘愿被骗。"

"什么？这是什么意思？"

"好几天不下雨，大家只有装着被你欺骗，才能熬过去啊。笨蛋，上当的是你啊。"

"不，不是的。有人甘心被骗才会……"

"什么想被骗？混蛋。"

律师·美术评论家　N 先生的供述

被告很累了。继续让他供述实在太残忍了。所以，我来陈述参考意见。

明知是谎言，却甘心被骗。知道是撒谎还继续骗人。这就是虚构的世界。文学和绘画，就是能让人窥看这种虚构世界的咒语。咒语师，和不断追求真理的科学态度不光不矛盾，反而和谐共存。

1924 年的某一天，诗人安德烈·布列顿发表了《超现实主义宣言》，乍一看像是停止所有常识性判断的艺术活动活跃起来。龙口修造先生说，在伪装的和平中，物质文明和合理主义的信仰让人类变得虚弱，这种运动是尝试让人类恢复健康的表现。

　　如果被告人的画有罪的话，达利、马克思·恩斯特、胡安·米罗这些画家就是罪大恶极的罪人。这些罪人里有个叫埃舍尔的。他用出乎意料的构造，通过精密的计算，反向利用透视法，表现了不可思议的世界。

　　例如，他画了用手画画的手，画出的手正在画图画的手，实在是巧妙。

　　被告深深沉迷于这个人的画，受到了诅咒。

　　得了空想泛滥症的人受到诅咒，迷失自我，倒也在情理之中。为此他忘记了文字，也不能在绘本上写文章。但是，这件事反而好像带来了好的结果。这个绘本里出场的小人，通过不同的读者，会说不

同的语言，带来各种自由的见解。

正如被告供述的那样，小时候他在镜子里看到了独特的世界，在恢复人性，或者对幼儿来说，维持人性这种意义上来说，他希望更多的孩子能够感受这个世界。所以希望法官大人承认让孩子们看这种绘本的重要意义。

如果从艺术上，或者幼儿教育、心理学层面来说，见解的差异导致无法认同这些画，那么请允许被告补充背后的人际关系。关于这些，各位检察官并没有进行调查。

被告身后有松居直、佐藤某先生这两个人物。他们教唆得了空想泛滥症的善良的被告。被告画那些画并非出于本心，想必各位都能想象得到吧。

被告是如此善良，在担心判决对自己不利之前，他更担心的是咒语式的供述，会把法官大人带回到中世纪。

他是个可怜的单身汉，家里的顶梁柱，还有老

母亲要赡养。恳请法官大人酌情轻判。

判决

最近没有比被告以及律师的供述更让我混乱的了，但还没有那本绘本这么夸张。

听了俩人的供词，调查证据的过程中，我开始觉得可以认同绘本在当今时代的意义。但是，从称赞哥白尼想象力的异端思想中，无法诞生这样的绘本。这是被告在用魔法搅乱了本法官的脑袋。

所以，我宣布判定被告为魔女，不，魔法师，按照英诺森八世教皇的敕令，施以火刑，以儆效尤。

什么？最后的愿望？好吧，你长话短说。

"即便如此也是地球在动"？什么，你希望有人记录下火刑的过程。

肃静！旁观的群众请肃静！被告果然是魔法师。判决过程相当公正。各位，请安静！请安静！

再次关于《不可思议的画》

2月3号下午，我遇到了交通事故。头部受到撞击，目前仍在治疗中。

这篇稿子我打算认真写。因为这篇稿子是一个线索，能验证我受到撞击后是否还有后遗症。

如果大家读完，不明白我在说什么，说明还是有后遗症。如果能明白，就不用担心了。

前几天，三月号的《绘本的乐趣》上公布了判决，律师建议我上诉。

然后辩护律师召集了几位证人。

千村公子小姐（长野县·主妇）的证词

……前略……关于小矮人堆积木那张画，老公

和我，还有孩子意见不一致。"这里很搞笑。""不，一点也不搞笑。"我们互不相让，认真地思考，激烈地辩论。最后都笑了起来。我有个感想，也许人类社会真的像这幅画那样稀奇古怪呢。这时，我冷不丁想起了芥川龙之介的《侏儒的话》中的一段。

很不幸，我知道有时候真实只能用谎言来讲述……后略……

后藤君的证词

大叔，你是怎么想出这么新鲜又好玩的画的？教教我呗。

请多多画画吧。

齐藤宫子小姐（东京都·主妇）的证词

孩子看着这样的画，展开无限想象，进入幻想世界，自言自语地说着。我们小时候可没有这样的绘本，全是千篇一律的书。

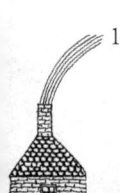

日本《读卖新闻》 K 先生的证言

大家就因为这画太奇妙了，反而觉得不好。可是，能够把一张平面画看出立体感，我们的能力不是更奇妙吗？

我们具备透视法的能力，因为这种奇妙能力的关系，现实中不可能的世界，不光在我们想象的世界中，在现实中的一张画上也能实现。

这些画就像莫比乌斯环，某个地方隐藏着扭曲的机关。

数学中也出现了莫比乌斯环，被告受罚，相当于在惩罚拓扑学。

数理科学编辑 M 先生的证词

我遇到被告的时候，他已经遭遇了交通事故，

所以他才这么说吧。

禁止左拐，禁止右拐什么的，交通规则太麻烦了，所以容易发生事故。不如干脆禁止拐弯，直线前行就好喽。那这样会发生什么事呢？想早点回家，却回不去。受到惊吓的自行车跑了一圈又一圈。

检察官

别说傻话了。这么一来，北起青森，南至鹿儿岛，全日本的车都集中在一块儿，什么事也干不了。

M 先生

没、没错。现实中才建造了曲线交错的立交桥，不是吗？这就是拓扑学。如果所有的十字路口都这么建造的话，被告所说的空想就变成了现实。

检察官

法官大人，看来数学家也有些怪人。说什么拓扑学之类的奇怪术语，我建议您也调查一下数学家的罪状吧。

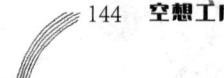

以上只能搅乱我们的思路，并不能证明被告无罪。现在这里有一封被告姐姐写的信，请允许我作为证据提出。

证据文件　被告姐姐的信

　　谢谢你前几天寄来了绘本。我和你姐夫峰吉俩人翻了一遍又一遍，说实话，不知道你想说什么。我们试着把书放下面，站在椅子上往下看，还是看不懂。要靠每个读者不同的想象和推理是吗？或者说你的目的是想教育大家，通过这些画把不可能变为可能？还是我老了，脑子不灵光了呢？不管怎样，我好担心像这么难懂、不管怎么想也无法理解的东西，给那些读绘本年龄的孩子看，能卖得出去吗？

　　听说你正在打官司，付点罚款能原谅的话，那就这么做吧。如果靠贿赂能解决那就更好了。我跟认识的法官打听打听吧。话说回来，那本书上登的照片可把我吓了一跳。以前都夸你像日本的杰拉德·飞利浦，现在怎么老成这个样子了？

检察官

大家都已经听到了吧。就连一母同胞的亲姐姐，也对这本奇怪的书感到诧异。还说行贿就能脱罪，大放厥词，侮辱政府官员。真是有其姐必有其弟。

请法官大人明察。听听检察官方面证人的证词吧。

检察官方面的证人　X 女士的证词

空想泛滥症患者没资格写书。绘本呢，就是通过美丽的画和美丽的文字，让孩子们轻松进入科学或者艺术的美丽世界。像这本书那样，没有文字实在是偷工减料。也没个导读，让孩子们在入口就迷路了。这样可不行。怎么样才能从迷路的地方走回来，也就是说该怎么样解读这本书，如果这个都弄不清楚，我可不敢放心地把书交给孩子。

某杂志编辑　N 先生的证词

实在忍不住想，这本书的作者不会某个地方多长只手，或者脚长在反方向吧。我正在偷偷侦查呢。

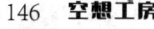

被告的供述

请原谅我。我是骗子。空想泛滥症患者。这是病。我的谎言基于空想和愿望，没有任何恶意。但请我说一句唯一的大实话。

孩子也是骗子。

有时候，孩子为了保护弱小的自己，只能拼命向大人撒谎。

但孩子撒的谎，对他们来说，大部分都是真实的。

法官大人、检察官大人，你们也有童年吧。请回想一下。通过撒谎，嗯，通过谎言这个美妙的咒语，立足于现实的舞台，却又能踏入演技的世界。

孩子都住在谎言的世界里，这么说也不足为过。睡眠精灵、月宫的兔子、圣诞老人等。比我更坏的大人制造了很多美丽的谎言。有人认为让孩子们尽早从那些谎言中觉醒就是教育。这可是大错特错。能够数到一千，会写汉字，知道彩虹的原理……用得到这些简单的知识为代价，失去了那么珍贵的谎

言，实在太可惜了。

我画的绘本也是谎言的一种。超现实主义指的就是谎言世界中的真实。而现实主义不过是听起来像真实的谎言。

我效仿埃舍尔，灵活利用超现实主义的手法，搭建了也许能在孩子们的世界通用的谎言。

空想的世界拥有无限可能性，所以才能宽容看待。但我相信，孩子们的头脑里展开的是比这本书更加不可思议的世界。

检察官大人，想必您已经发现了。大人的世界里也有谎言。但这种谎言和我刚才说的谎言完全不一样，一点儿也不美丽。那才是谎言多多，应该处以火刑。

关于《颠倒国》

太阳斜斜升起，哥本哈根下起了小雨，街上笼罩了一层银雾。

尖塔顶的教会、爬满了爬山虎的红砖房，广场上的鸽子蹲在那里缩成一团。周围静悄悄的，好像一幅古老的版画。

经过漫无目的的旅行，抵达了这座小城。也许是先入为主吧，总觉得这座欧洲北部的小城，宛如安徒生的世界。我一个劲儿地走下去。

不知从哪里传来磨面车的声音。我被那个声音吸引着加快了脚步。不知什么时候，微弱的磨面声，变成了清脆的弦乐声。

我钻过石门，穿过王宫后面，绕着迷宫般的小路拐了个弯，来到广场。

说是广场，不过是在一角铺上石头，腾出的空地。玫瑰花丛中有一个青铜小丑像。要是从前的话，小丑帽子的前面，可能会喷水吧。由于年久失修，水早就干涸了。喷泉人像变成了普通的雕像。

下个不停的小雨沿着小丑的脸颊流下来，仿佛在拨弄鲁特琴的琴弦那样流淌着，汇集在脚边的水盘里，形成了一个小小的水泊。

水盘倒映着小丑的影子。由于雨点落下荡起波纹，雕像的身影也在晃动个不停。时而像微笑，时而像哭泣。刚以为它在奏响琴弦，却又像在招手，动个不停的样子好像栩栩如生的真人。

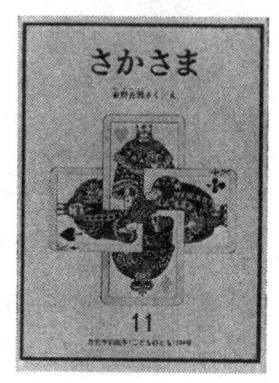

刚才听到的弦乐声，

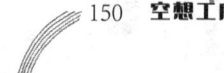

就是雨点打在鲁特琴上的声音吧。不会是水里倒映的影子晃动，奏响了乐音吧。我试着把手伸进水盘里摸了摸。

这时弦乐声变得格外激昂，周围都像陀螺一样转了起来。为了忍住强烈的晕眩，我闭上了眼睛。这时五彩祥云如一阵疾风飞驰而过。

回过神才发现，自己倒在了玫瑰花丛中。倒映在水盘里的小丑又变回原来的青铜像，帽子前面喷出了水。可是水中的影像明明是青铜像，而眼前的小丑却像真人一样，正对我说话呢。

"请不要惊慌。你现在通过水盘来到了颠倒国。请往四周看看。橡树垂在天空，看不到尽头。渔夫正在天上划着船捕鱼呢。颠倒国里也有很多美景乐事。请你暂时隐身于此吧。等到洗清你的罪名，就通过水盘，把你送回原来的国度。"

看来他知道我犯的罪。两年前，由于画了一本不可思议的绘本，被安上了妖言惑众的罪名，经过

黑暗审判，判处火刑。我逃狱以后，正在国外流浪。

我踉踉跄跄地站起身，散落的玫瑰花瓣并没有掉落在脚边，而是向着天空飞舞。遥远的古城上，雨后的彩虹圆弧向下，两端高高地没入云中。

我流浪到了颠倒国，也就是空想的国度。这可以说是幸福吧，我想起了这句诗。

小丑邀请我进入铁门里。房子是古老的砖房，点上火把，火焰不停地跳动，像是在跳舞。火把照亮了脏兮兮的天花板上，纵横交错的粗大房梁。

啪嗒啪嗒的声音响起。三个士兵端着盆走了进来，里面装的是葡萄酒、浓汤和鸟儿。每个人胸口上分别是心形、四叶草、黑桃图案的 A 字。小丑继续说了下去。

"没什么可隐瞒的。我是扑克牌里的小王。这是扑克王国。正好是一百年前，遇到了和你同样的人类。她叫路易斯·卡罗，后来掉进兔子洞里去世

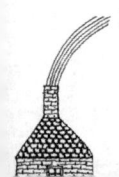

了。实在是可惜啊。卡罗小姐平定了内乱，是我们的恩人。

"我们国家的居民，以国王为首，女王和士兵们，几乎所有人都分不清哪是天哪是地。所以，一百年前，不，从好几百年以前，就开始争论到底哪是上，哪是下，最后发展成全国的内乱。是卡罗小姐平定了内乱。

"开始，她让一半的士兵都倒过来，试着改变立场。结果连魂儿都像倒了过来。那些士兵开始从相反的立场和观点攻击起来。这时，卡罗小姐建议大家休战一分钟。她说哪怕一分钟也好，请大家躺着休息一下。以国王为首，争论不休的士兵们

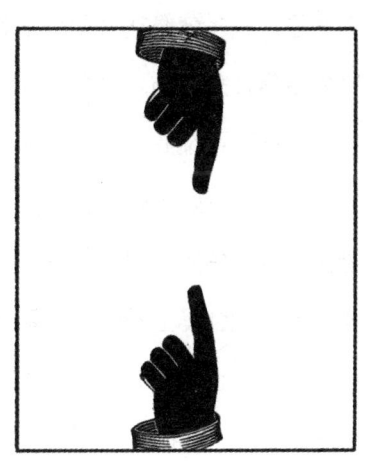

也都躺了下来。这时突然安静了下来，简直难以相信。躺下来以后，不知道是失去了上下的感觉，还是由于几百年内战的疲惫，从那以后，大家沉睡了一百年。持续了几百年的战斗就这么宣告了终止。

"我们没必要沉睡。因为分清上下很容易。可怜的是方块 A。它不停地翻跟斗，照镜子，一个人烦恼着。自己都分不清上下，连个吵架争论的对手都没有。"

我在方块的尖角那儿做了个记号。说是治疗太夸张了，顶多就像在抽象画上签了个名。可方块 A 突然变得神采飞扬，看样子特别高兴。因为这样就能认定画记号的那头是上面了。

虽然很不好意思，而且显得太自大，但我还是提出申请，希望见国王一面。一两个国王醒来，也不会造成内乱马上开始。大家都这么沉睡下去，对国家的发展也没有好处。我有自信说服国王，两边的想法都有错。我把大意告诉了小王他们。

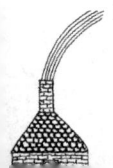

他们凑在一块商量了起来。方块 A 热烈支持我的提议，引导大家得出了结论，这是一个积极的解决问题的尝试，就算出了差错，总比什么也不做强。

通往王宫的城门抖落陈年的灰尘，庄严地打开了。

就在这时刮起了一阵风，把我说服国王的自信吹得一干二净。

沉睡的士兵们轮流被风刮醒了。和平的梦一下被打破。有人拿着盾牌站了起来，有的在磨枪，有的挥舞着大刀，有的拉紧了弓弦。呼声四起，让人担忧的战争又开始了。

请大家安静，请大家安静，我拼命挤到战火的旋涡中。就在这时，我仿佛看到了小王那怨恨的目光，一瞬间就掉进了地狱里。

不停地往下掉啊掉啊，仿佛没有尽头似的，还有时间可以思考。想要向它们传达宇宙万事万物的

155

法则，不应操之过急，花费充分的时间才能说服。没有比好心办坏事更让人悲伤的了。

话说回来，还是在不停地坠落。一片虚无。我的双重罪过，就这样偿还了吗？但我希望这不是小王推下去的，而是自己不小心掉进了兔子洞里。

这是卡罗掉进去的那个兔子洞吗？不，这是命运的陷阱、地底的洞穴、绝望的深渊。

眼前突然亮了起来。我不会是跳到了地狱的背面吧。

等我回过神来才发现，自己倒在了玫瑰花丛中。

青铜小丑若无其事地站在那里。帽子前面甚至喷出了水。

用图像来思考

　　经常有人找东西的时候，嘟嘟囔囔地自言自语。这个可笑话不得。据说人是用语言思考的。要是没有语言的话，能思考到什么程度呢？我有点担心起来。

　　但我又经常感觉，人是用图像思考的。像这种情况，意思很宽泛，指的不光是画，还有视觉、映像的意思。我虽然以画画为生，但这并非自以为是的想法。

　　把代数看作用语言思考，那么几何就相当于用图像思考。最近有那种带数字的表盘，这是用语言思考的话，那么转动的指针就相当于用图像来思考。

　　电话里告诉别人路该怎么走的时候，只能使用

157

语言。背对着某某车站，一直往前走，这时，某某车站就是指路人还有问路人都明白的起点，至少起点作为图像，在双方的脑海中描绘出来，这点让我很感兴趣。像这种情况，不用说画地图告诉对方更好（之后我会详述，现在先说明一下，用图像思考并不是像举的这个例子那么简单）。

收音机靠语言，而图像组成的电视节目普及以后，甚至诞生了映像文化这个词。

交响乐不光是用耳朵听，看着画面上的指挥家，和演奏者们重合，又突然远离，占据了整个画面，颜色突然发生了变化，这些都为观赏带来了乐趣。

这是个不配称之为映像文化的坏例子。电视语言太累赘，画面想表达的也太多。尤其是最近的电视，由于器材的进步，没必要地炫目，甚至打乱了我的用图像来思考的观点。

与之相对的是，"第二街"这个节目是用图像思考的出色例子。有个场景我到现在依然难以忘怀。

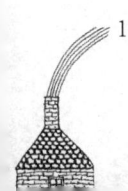

好像是 TBS 的报道节目吧。

白人在打高尔夫。黑人少年捡球。少年挨个捡着不断落下的球。少年东奔西跑。摄影机默默地跟在后面。没有音乐和旁白。少年捡球，气喘吁吁，浑身湿透了。脸上抽筋，脚下打晃。可他必须得捡球。到底能挣多少钱呢？豪华的草坪。非洲怎么该有这种东西呢。少年还在奔跑。摄影机在冷酷地追踪。不知过了多久，还在奔跑的少年终于倒下了。满满一桶高尔夫球触目惊心地散落在草坪上。无法站起来的黑人少年。

我女儿看到这一幕，哇地哭了起来。

"图像"讲述了什么？如果用语言来描述，也许需要好几张纸吧。说明下当时的情况，不过是黑人少年在捡球而已。影像想表达什么呢？我还是别画蛇添足地补充了吧。

我再次意识到就算和语言目的相同，但表现的手段完全不同。正如语言无法简单地入画那样，画

也没法轻易地用语言表达出来。

为了判定绘本的优劣，会让孩子们做调查问卷。

现在让孩子们看捡球的画面——绘本也一样——想咨询孩子们的意见，问问他们的感想。像这种情况，孩子必须用语言才能表达感想。我们试图相信他们表达的语言。可问题是谁也无法保证，孩子能用语言把感想准确地表达出来。

所以，给孩子绘本的时候，就像让他们挑选下午茶点心那样，只凭自己的喜好，这样是没有必要的。大人用自己的眼光来挑选，带着自信把绘本递给孩子，我觉得这样挺好。

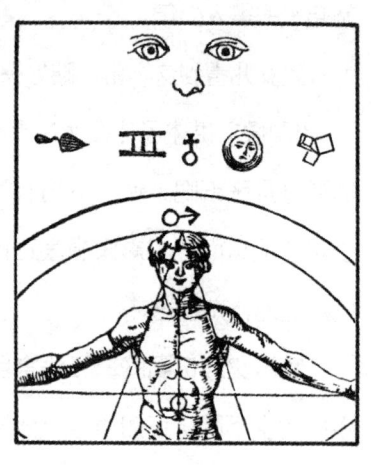

刚才我说的地

图和钟表，都是说明的例子。但黑人男孩捡球不需要说明。文学有时候会需要说明图，但这个世界，就算没有插图也能成立。很遗憾，好多人都觉得插图就是说明图。

正如文字不是说明那样，插图也不是说明。说明图只能单方面接受。可画却能唤起观者的反馈，其中蕴含了世界无限拓展的可能性。

事实上，抛弃语言，只用图画来思考是不行的。用图画来思考只是一个试验性的理论。

我在工作时一直以用图画来思考为目标，但目前还没有得出满意的结论。

倾心希区柯克

"希区柯克在自己导演的电影里，一定会露一次脸。"

总有些家伙说话爱兜圈子。他们想说的是，你也会在自己创作的绘本里，把自己给画上去吧。有些人总是想当然地下结论。

我曾经在《旅之绘本》里做过一次这样的事。这事局外人不懂，只有几个朋友知道。因为我在书里描绘的"自己"，是个倚着城墙望向远方的帅哥，旁边还画了一位惹人喜爱的姑娘。没有多少人能从这幅画里把"我"给找出来吧。

大多数人都有个迷信，插图和画家总有几分相

似。有人说，就算不像希区柯克那样，把自己弄到电影里，出场人物总和我有几分相似。

我画的画嘛，不光是人物，就连风景和氛围，感觉和我有点像也没什么奇怪的。但画中人的脸都像我，这倒不至于吧。

"就算你这么说……"

人家又举了好多名家的例子。嗯，有道理，确实有不少是这样的。例如，像永田力，他本人比画帅气多了。这是个很少见的例子。从画中美女帅哥的样子想象画家的样貌，期待大多落空。要是真这么做的话，估计没人能保证我的生命安全。

前几天要去某大学演讲。我慌忙穿上衬衫，套了件罩头毛衣，就从家里飞奔了出去。

在电车里打不上领带，衬衫的扣子也系不上。又没时间回家换衣服。

结果开了暖气的教室里也没法脱毛衣，满头大汗地讲了俩小时，胖子真受罪啊。

回去量血压，不吃米饭，像兔子一样啃生菜、吃豆子，先这么熬一段时间。我带着悲壮的决心回了家。

心惊胆战地量了体重，没有想象中胖那么多。冷静下来仔细想想，惊喜地发现原来穿的是我儿子的衬衫。

让人愤恨的是我终于有了头绪。

我的绘本里确实经常出现像希区柯克那样，胖到只能穿背带裤的中年男人。

火车是铁做的

我经常把电车说成火车被人嘲笑。乡下人嘛，直到现在对省线（日本国有铁路上运行的电车）、都电（东京交通局管理的路面电车）什么的也没概念。

虽然不是 SL（蒸汽机车 Steam locomotive 的缩写）粉丝，但对我来说，提到交通工具，就是黑铁锻造的火车。

我出生的津和野小镇，一天里来回要过十趟火车。每天都是正点到达。镇上还有机车库，经常有几辆火车停在那儿休息。庞然大物般的火车被弄到转车台上调头的样子，看起来很滑稽。津和野是山城，贯穿而过的铁路先是缓缓的坡道，火车刚爬到

顶点又钻进了隧道。临近隧道时鸣响汽笛的回音，总是在山林间悲壮地回荡。

最近电视台上经常播放怀旧的老式火车。看着火车的身影，沉醉于汽笛声。让我有些兴奋，啊，还是火车好啊。

看来好多人跟我有同感，火车刚开过来，就围了一堆人，拿着相机和录音机，你挤我抢的，差点出现踩踏事故。我对火车有种乡愁，那些年轻人按理说没有，可为什么也被火车吸引呢？

火车当摇篮也挺好的。和妈妈们推的婴儿车完全不一样。速度不同，摇晃的方式也不一样。声音嘈杂，吐着白烟，窗外的景色不断变幻，从城镇到村庄，从村庄到大海。在火车这种交通工具发明之前，人还没有经历过这种视野的变换。

小孩子头一回经历视觉世界激烈的变化，被火车迷上也不足为奇。

这就是小孩喜欢交通工具的理由。但有的小孩

从来没坐过这样的交通工具，也喜欢火车，是为什么呢？

因为它是铁的，这不能称之为理由吧。火车是用黑铁铸造的。铁没有黄金那么华丽，没有白银那么高贵，也没有红铜的精英意识。质朴而强壮，和人类打交道的历史最为悠久。我曾经和某艺术大学专攻铁工艺的青年聊过天。他先铺垫了一句，没准儿你觉得我说这话很矫情，但我确实觉得铁已经成了我们的血肉。

崇拜铁的神力，认为其中凝聚了灵魂，的确有这样的民族。但我们心中对铁也有几分莫名的恐惧和亲切感。这种说法虽然没有经过验证，人为什

么一出生就被交通工具吸引呢？在思考这个问题时，我总觉得是因为铁具有不可思议的力量。

说到力量，怪兽也是如此。和铁比起来要丑陋得多，但却有足够强大的力量。小朋友喜欢怪兽，是因为对力量的信仰吗？

看到巨大的物体，比如说高楼，我们并不觉得惊奇。但是建造大楼的时候，起重机抬起巨大的铁臂，雄壮的身影格外美丽。不光是起重机，巨大的打桩机，铁锤砸塌大楼的动作，都让我们兴奋。包括我在内，经常能看到好多大人停下脚步，着迷地看着施工现场。

没有比小朋友更憧憬力量的了。他们最想要的就是力量。小朋友最想当的不是总理，也不是电影演员，而是早点成为强壮的大人。

默默制约儿童世界的，不是民主主义，也不是父母和老师的教导，而是力量这个自然法则。

如同喜欢交通工具那样，热爱玩偶、花鸟鱼虫，

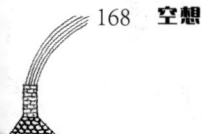

是因为怜爱比自己弱小的东西，与力量崇拜相反的心理在发挥作用。

交通工具拥有强大的力量。而汽车通过直接彰显力量，成为最出色的象征。

怪兽也有强大的力量。为正义而战时送上喝彩。但当孩子终于明白那不过是单纯幻想的产物时，就连怪兽弘扬的正义也变得毫无意义。

而火车却是可以研究的实体。就算长大以后也不会讨厌。这并不意味着一定要成为 SL 粉丝。对力量的崇拜，尤其是男孩子长大后必须经历的一个过程吧。所以采用调查问卷，询问孩子为什么喜欢交通工具，也没什么用。就像问你为什么喜欢妈妈，这个问题是没法回答的。

从前某出版社邀请我创作交通工具的绘本，我拒绝了。不光是时间不合适，对方想让我画的是交通工具的设施和内部展示，也就是所谓的交通工具知识。还有把火车当成电影明星一样对待的照片

集。关于以前的交通工具绘本的评价也是千篇一律的。

新干线，好快呀。

小燕子，你好呀。

大概就是这样。

如果按照我的方式来创造交通工具的绘本，大概会以力量为主题吧。

我又想起了故乡的野坂坡。

——火车爬上了坡道。竭尽全力想要爬上斜坡，气喘吁吁，眼看就要停下了。要是马的话，现在两眼已经涨满血丝，咬紧牙关，浑身湿透了吧。好可怜，真不忍心看下去。

火车也很可怜。就算有一百个人在后面推也没用。这个山坡可不是那么简单就能爬上去的。

火车在努力。锅炉熊熊燃烧。车轮吱嘎作响。浓烟滚滚。火车终于爬到山顶，鸣响汽笛，如同悲鸣。这也是终于能钻入隧道的喜悦的标志。

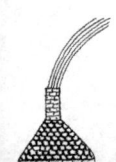

没有白费辛苦，出了隧道，就是和缓的斜坡。火车终于放下了心，周围的景色跃入眼帘。碧绿的麦田。远处的群山。风儿带来嫩叶的气息。

夏天快来了吧。火车一边奔驰，一边想着，终于不见了踪影。

《ABC 之书》

1978 年春天，因阿波罗宇宙飞船而知名的休斯敦美术馆里，举办了古今中外的 ABC 之书的展览，名为 ART AND THE ALPHABET。其中最新的就是我画的这本。

从古至今，以 ABC 为主题的书多如牛毛。有很多特别有趣，凝聚了作者的无限创意，甚至出现了专门画 ABC 的书。

从创意上来说，早期都是比较简单的，比如 A 就是 apple，B 是 bean。还有动物 ABC，杂技团 ABC 等等主题的字母书，衍生出不同的种类，和日本的花牌相似，比如说有谚语花牌，也有童谣、漫画花牌。

随着时间的流逝，前辈的范例当然也越来越多。创作新的 ABC 之书越来越难。不光是画，字体本身很难。还有作者煞费苦心，让人做模特，摆造型模仿字母，然后拍下来。模仿得实在活灵活现，都没发现是人做模特拍的。

以丢勒和达·芬奇为首，有很多美术大师挑战了字母的字体。毕竟这种文字拥有数千年的历史，可以说古往今来把能想到的设计都做了出来。最新的是模仿字母的样式，以便让电脑能够读取。

虽说能反映时代的动向，但却没有两千年的罗马时代的字体那么美，这是为什么呢？

简而言之，字母的各种字体出现又消失，而我

创作的字母能忝列其中，实在幸运。

文字一般情况下都是平面的。可以说不会引发错觉。对于生活在字母世界的欧美人来说更是如此。可是对我来说，文字即使是奇怪的立体形状，也没有什么奇怪的。这样一来，劣势反而成了优势。所以我才能画出字母的新样式吧。

我的这本书得到了很多过誉的赞美。但可以说，这本书真正的意义在于字体——最朴实的地方。如果不是专家，可能不会在意这些地方。但是像胜见胜、桑山弥三郎等各位先生早就提及了这一点，我心里有底气多了。

自己写自己很难。哪怕只是在陈述事实，听起来也像自夸，真让人难受。觉得听起来不顺耳的地方，还请大家多多见谅。

《ABC 之书》备忘录

我做了本 ABC 之书。

我们（我还有福音馆的编辑们）听取了在日本的英美知识分子，还有他们的孩子以及美国文化学校孩子们的意见。而英美两家出版社也很细心地研究了我画的画。

刚开始我以为没有太大问题。可后来我慢慢明白，和翻译语言不同，把语言画成画到底有多难。

画需要大幅修改。在这个过程中，我体会到了语言和图像之间的关系，简直除了 ABC 之书，还能再写一本书。

花了三年的工夫终于画完了。趁我还没忘，赶

紧把语言相关的问题记录下来吧。

A

一开始我画的是 apple。实在太常见了，就改成了 angel（天使）。后来这个天使成了某糖果公司的商标。但是光画天使不好玩，我就在男孩的背上画了只天鹅。多亏那天鹅，男孩看起来很像天使。我心里暗自高兴。

可他们（以下指的都是我找来商量的英美人）却说："不像天使，更像丘比特。"

"什么？难道丘比特不是天使吗？"

"是天使的一种。可是出现在 A 这一页，却不太合适，还是画anvil（铁砧）更好。"

我在这本书的扉前页画了铁砧，没想到是以 A 开头的词。

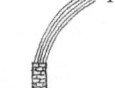

丘比特是希腊罗马神话中维纳斯的儿子，只要被他的箭射中，都会得相思病，卧床不起。而天使呢，却是圣经里出现的天国的使者，告知圣母

怀胎等等。对我们来说，长翅膀的都是天使，能够分出天使和天狗的区别。而对他们来说，这是神话和圣经书籍的区别。这些能够用语言来区分倒还好，可事实上，语言和图像之间却存在着很难说清楚的差别。这二十六个字母几乎每一个都给我上了一课。

B

那么 B 呢？

"bicyle（自行车）倒还好。可阁下画的 bean，好像比我们看到的豆子要短。"

"什么？短了？怎么可能呢？我可是参照贵国发

行的植物图鉴，画的 kidney bean 哦。"

"在通过田里生长的或者植物图鉴认识豆子之前，我们小时候是通过超市卖的罐头上的画认识的。我只是说罐头上的豆子图，比阁下画的要长。"

简单来说这是信息量的问题。这么一说，迪士尼拍成电影，要画灰姑娘和彼得潘的时候，还真是犯了愁。面对那么强大的信息量，肯定会有人说我画的彼得潘不像。

面对被当成罐头的豆子，我可是一步也不退让。

"我想借机请教各位，"我提出了疑问，"bean和 pea 都是豆子，有什么区别呢？"

他们飞快地说了起来。可我却弄明白了，原来他们也搞不清楚。

C

字母 C 画的是从时钟里探出头的 clown。

翻开字典看看就知道啦。

clown　小丑

pierrot　小丑

jester　小丑

从语言上来说自以为明白，可要让我把这些小丑的区别画出来，就犯了难。美国所说的 clown 指的是马戏团的小丑，我听说 pierrot 起源于法国，是笨蛋皮埃罗演变而来的。脸上抹得白白的，穿着空荡荡的白衣服。哑剧里的小丑说是 pierrot 最合适吧。而 jester 则是侍奉中世纪王室的小丑，我画在了 J 那一页上。

D

在 D 这一页，我画了 die（骰子）和 devil（恶魔）。没想

到他们说这个恶魔有些不对劲。真正的恶魔应该是尖耳朵，有尾巴，咧着血盆大嘴。他们还声情并茂地表演了一遍。我冷静地想起了他们国家里出现恶魔的通俗电影。一身黑色紧身衣盖住全身，有时还像蝙蝠一样背着翅膀。"我有个问题，阁下说得这么具体，难道您见过恶魔吗？"不知道 F 君把我的意思准确翻译出来没有。

对方回了句："这是文化差异。"没错，文化差异。就算是理解语言，可背后文化的差距，还是给图像带来微妙的差别。

像圣诞老人的形象在全世界差不多都有共识。而雷神、河童和天狗呢。谁也没见过，可不知不觉中，就在我们心中储存了

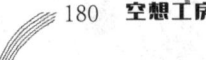

印象。我们想象的恶魔，和欧美人所说的 devil 多少有些差异也很正常。我参考了几个素描像，终于画出了恶魔。

E

eight easter eggs（八个复活节彩蛋），他们倒是拍着大腿连声叫好。复活节当天，大家把画了图案的蛋藏在草丛里，让小孩找着玩。我小时候也在蛋上画过画，只会惹大人生气。跟复活节可没什么关系。

F

F 是 E 下面缺了一条杠，我就在画面外面，画了一根好像掉下来的木棍作为装饰，上了颜色。他们很客气地提了个建议。"画一根掉落的木棍没问题，最好不要上色吧。如果对您的艺术表现没有不利影响的话⋯⋯"我可没什么讲究的，马上把棍子上的颜色去掉，埋在了花丛中。

后来，我收到了一封来自英国的长信。

"我曾经建议您把掉落的木棍颜色去掉。我为自己的无知感到羞愧，请您谅解。一根掉落的木棍是 fallen block，正好是 F 开头。我没有理解您的用

意。直到走进伦敦的编辑部，才如同天启一样读懂您的深意。"

实不相瞒，其实我压根没想到 fallen block 什么的。

G

我画了 gun（枪）、gentleman（绅士）和 gangster（黑手党）。

他们用饱含深情的英语说：

"阁下，您以为图上画的是黑手党，其实是英国人说的抢劫犯。黑手党呢，比较旧式的应该像阿尔·卡彭那样，新的来说就是教父那样的。"

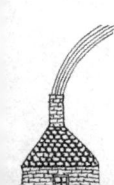

"这么说黑手党比绅士看起来还要像绅士喽？"

"正是如此。"

"我倒想拜见一下能画出黑手党和绅士之间区别的画家。"

"我只能说难怪您觉得困惑。要不然别画黑手党了，画个girl（女孩）怎么样？"

"我都快没信心了。真是头疼。照你说少女指的是多少岁的女孩呢？"

"我很难给您下这个定义。"

他们一边说着，一边从旁边叫来一个女孩。指着我画的黑手党问她："觉得这看起来像什么？"

"gun man。"

"什么？不是黑手党，也不是抢劫犯，而是'gun man'。这不正好也是G开头的吗？"

他们都闭上了嘴。对我来说这女孩真是个天使。

gun man是美式英语，据说在英国不通用。在我们看来美语和英语几乎一样，可还是存在着微妙

的区别。据说英语的作品在美国出版时，或者相反的情况，经常会发生些小麻烦。

H

我画了个魔女。也许有人会说魔女不是witch吗？但我想在这本书里画些别致的。塑料水桶、电视接收机什么的，就算求我也不会画。就算定下来

画什么，我总是贪心，想着还有更好的。印满了密密麻麻小字的词典都快被我翻烂了。

就在这时，我从里面翻出了两个词。

hag　狠毒的老太婆　丑陋的老太婆　恶婆娘　魔女

harte　野兔

看到狠毒的老婆婆这个意思，我特别高兴，就画了个魔女风格的狠毒老太婆。可他们说："hag没有魔女的意思，而且魔女也不一定丑陋。还有些特别

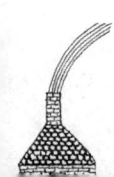

美丽的魔女。hag 这个词多指满脸皱纹的老婆婆。"

我很失望。骑在扫帚上美丽狠毒的老太婆，从这本书上消失了。然后被替换成了木头做的优雅的 horn（圆号）。

他们建议画野兔，被我拒绝了。很久以来，我一直以为兔子就是 rabbit（饲养的兔子），在三平方厘米这么小的地方画上野兔，并和家养的区分开来。凭我的本事可做不到。

I

有位叫雷蒙德·罗威的设计师，很久以前出版了一本《从口红到机车》。里面有句话的大概意思是，针的设计比机车的设计难多了。

字母里的 I 是最简单的形式，也没法做什么改动。我心想，原来针的设计指的就是这回事啊。

画的是 ink（墨水）。古老形状的墨水瓶。下面铺的吸水纸是真的。吸了书上画的墨水瓶图的余墨。为什么要在纸上放墨水瓶呢，这到底什么意思呢？

J

jester 是小丑。

小丑玩的是塑料做的 jacks（玩具）。这种玩具日本没有，让我费了不少的劲儿。

有一天，有个英国电影，我忘记什么名字了，播放了学校教室里的场景，镜头一晃，我看到了学生桌上摆着的 jacks。心里特高兴。后来我还在巴黎的店里见过 jacks，为什么会是这种形状呢，到现在也不明白。

K

像小刀、铁锹里面的 k 都不发音，有很多这样

的例子。画什么呢，真是发愁。那画个戴围巾的袋鼠怎么样呢。可这样只是画了一只动物。说实话，J那一页我本来还画过美洲豹。英国人说，美

洲豹不行，袋鼠就可以，哪能这么说呢。英国人头一次去澳大利亚的时候，看到蹦跳的动物，就用手指着问："那是什么？"当地人说 kangaroo。后来，kangaroo 就成了指代这种动物的词汇。事实上，这个单词在当地语中的意思是"蹦蹦跳跳的东西"。不是指的袋鼠。我们所说的袋鼠在当地语中叫 wallaroo。kangaroo 是由于误会才出现的稀罕词儿，所以放这本书里还挺合适的吧。

L

钥匙和锁是我特别得意的图。有个美国人见了，指着钥匙前面的部分，很佩服地说："这本书画得可

真够用心的。连这儿都有个钥匙。"我完全没明白他在说些什么。

过几天我才发现，画上没有涂色的空白恰恰构成了一个 L 的形状。听起来像撒谎，却是真事哦。

M

映在 mirror（镜子）上的 m。

map（地图）是史蒂文森笔下的金银岛。

N

去苏格兰旅行时，我在山上见到了如同杂草般野生的大片水仙。舞草是西欧共通的杂草，漫山遍

野都是。核桃也有很多种。

开车在德国的森林里穿行时，突然被一堆飞石砸中，是遇到游击队了吗？定睛一看，原来是从天而降的核桃。

O

刚开始画的是猫头鹰，他们都不满意。我就画了个剥洋葱的大猩猩，眼里还流着泪。他们好像没看懂。最后决定画橘色颜料。调色板手拿的地方还开了个 O 形的小孔。

P

刚开始画的南瓜更加细长。英国人说最好画得胖一点。就算你这么说，我可是照着贵国的资料特

意画得细长的哟。后来我仔细研究了一下，发现资料上的是原种。书上画的是经过品种改良的。

bean 和 pea 都是豆子，我可不知道该怎么解释清楚。问了好多国家的人，都不是太明白。在伦敦问了个特别博学的人。他说能连着豆荚一起吃的是 pea，把豆粒摘出来吃的是 bean。偶尔有例外，但大部分都是这样。

Q

没有特别之处。

R

木马本来打算画在 W 那页的。

听人说像特洛伊木马那样一动不动的是 wooden horse。而这种的叫 rocking horse。翻译成日语都是木马。这种叫摇摇马更准确

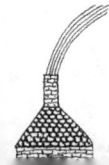

一些吧。

德国的五月，漫山遍野开满了野蔷薇。

S

说到 scale，我一直以为是测量长度的工具，没想到它还指测量重量的工具。我一直以为是 balance 呢。

开始我画了个模仿蜗牛盘成一团的蛇。自己也觉得画得不好就放弃了。

T

他们都夸我这个打字机选得不错。有人建议在打字机上打出十个 T（ten）。我画完一数有十二个（twelve）。也算是凑成了 T。

U

没有 U 开头的植物，让我很是发愁。有个美国人问我，udo（土当归）怎么样？啊？我大吃一惊。原来 udo 是英语啊？听我这么一问，美国人

说，不是，从日本进口的，就用 udo 的名字在卖。

Urena sinuata 是植物学家佐竹义辅告诉我的学名。

V

没有什么特别之处。

W

一开始画的是鲸鱼踏浪转动水车的画。可是好像没多少人看

明白。干脆画能带动车子的永动机吧，这样更有趣。虽然有点难，确实这个更好玩。

X

我查了好多资料，发现 X 的配图好像除了木琴没有别的选择。

植物也没有，只能从学名找起。小时候在山上走，总是粘在身上让人发愁的刺耳草，没想到这时候碰到了。

Y

帆船上装的风扇，送出的风能让帆船前进吗？如果风全吹在帆上，船保持平衡静止不动。只要漏一点风，就会吹着帆船缓

193

缓后退。

有位英国太太说，这与其说是帆船，更像是船吧。结果她丈夫说，笨蛋，这哪是船，明明是帆船。

Z

有些死脑筋的人说，与其说是斑马，不如说是栅栏后面的黑马。那栅栏后面的白马该怎么画呢？

广播节目"什么都能商量"上，就有个孩子问，斑马身上白色和黑色，到底哪个才是底色。

黑柳彻子小姐给我写了一封信。说我的 ABC 字体图案被人原封不动地做成靠垫，从 A 到 Z 都有，正在意大利卖呢。我吃了一惊，赶紧一查，竟然在

知名杂志 *VOGUE* 上看到了那款靠垫的广告。后来给制造商写了封信，告他侵权。对方想用钱了事。目前（1979 年 3 月）正在谈判，也不知道结果怎么样。我很想赶紧了结，好和黑柳彻子小姐当成笑料聊聊。

非得是二十四小时"这个结论的时候，已经过了大半夜。

不光是时间，种种想法都让我如痴如醉。从原来的体验型世界，展现出对哲学世界的兴趣，对我来说是难忘的一夜。

暑假结束以后，我和他握手告别。我们的目标都很远大，立志成为轰动世界的大物理学家。没想到他当上警察，我成了画家。

最近我开始想，时间最好不要等。假设等三分钟能泡开泡面。等待的话，你会觉得这个时间长到无法忍受。大家都知道煮牛奶时也一样。等待的话，牛奶像是故意急人似的，怎么也不沸腾。稍微离开炉子看两眼电视，牛奶就煮开溢了出来，简直快得惊人。煮牛奶的时候，念"就不等，就不等"的咒语，就快多了。

为了见 T 大学的校长，从早到晚都得等待。最

近每次都要等好久。会客厅的八音盒钟，隔三十分钟就会发出叮叮叮的长音。刚开始还觉得挺好听，等到傍晚，我开始觉得这声音好难听，简直能让人发疯。我终于见到校长，在那个学校里找到了工作。下定决心要辞职，就是从听到那个八音盒钟声开始的吧。

K老师告诉了我一个捕鱼的方法。晚上，戴着手表拿着手电筒去河里。用手电筒照手表。现在几点了？鱼儿肯定会游过来看。这时，马上以迅雷不及掩耳之势抓住它们。

有个学生，上学的路上，来到武藏小金井和武藏境之间，总能看到钓鱼池。上面挂了个大钟。每次确认上面的时间都是八点，他总是这么想。"今天也是按时离开家，电车也很准时。去学校不会迟到。"

某个星期天的下午，他去学校练习芭蕾。按照平常的习惯看了下钓鱼池。和每天早上一样，指针指向正确的时间 A 点。

　　这个故事得想一会儿，才能明白哪儿奇怪。

　　时间是个好东西。痛苦、喜悦、悲伤，时间能抹掉一切。人们想把刹那变为永恒，建碑立传，也逃不过时间的洪流。

　　无限的时光流逝，地球上所有的生物都灭绝了。如同月亮一样变为荒漠。湛蓝的天空，哗啦啦沙尘流动的声音。

　　那是沙漏的声音。

敷岛

　　小学毕业第三年，我遇到了让人怀念的老朋友。脸上长了青春痘，嗓音也变了。确认彼此都不再是小孩子，我们如痴如醉地聊着反道德的话题，浑然不知夜已深了。

　　有一天，朋友默默掏出烟，熟练地点上火，脸上的表情好像在说"吸吸不错哦"。这可不是寻常小事。

　　多少吹些牛皮，假装沉浸在大人的世界里。但那不过是耍嘴皮子。吸烟证明事实上他比我更像大人。英雄这个词掠过脑海。可不能输给这家伙。我故作平静地点上火。

　　吸了一口进去，一阵头晕呕吐的感觉。

瞒着父亲偷偷吸烟的儿子，父亲会怎么看待呢？我这么想着，把手伸向父亲的烟枪，吸了口烟卷。父亲一定会发火吧。没想到父亲来了句，"烟草还是敷岛的好。"给了我当年特别贵的烟草。我让朋友看了父亲给的烟草，朋友瞪大了眼睛，羡慕我有这么通情达理的父亲。

后来我吸了几十年的烟，养成了断烟就坐立不安的习惯。终于切身体会到烟草的危害，把胃给搞坏了。把烟扔到臭水沟，烟灰缸打火机甩到角落里，故作姿态的戒烟实施了好几次，没一回成功的。

说实话，我两星期前感冒了，由于嗓子疼，已经十七天处于戒烟状态了。眼前有烟，烟灰缸也不缺，可稍微忍忍也就过去了。看来这是个戒烟的好兆头。

父亲老来得子，四十八岁才有了我。给我敷岛烟的时候，父亲六十四岁了，有些高血压。

直到现在我才明白父亲当年的心境。父亲也不

是有多通情达理，只不过渐渐老去的他，盼着孩子
能快点长大成人。

今天有一条新闻，说日教组冲绳教研集会调查
后发现，有七成的不良高中生都吸烟。

等到现在 1979 年 3 月 10 日重读这篇稿子，我
已经戒烟一年零一个半月了。

药箱

　　某本杂志的封面连载了古老美好时代的器具。虽说古老，也不是古董。手套、竹笊篱、锁和水壶等，现在仍然在使用的工具，希望大家能够认同这些器具的美。

　　这回我决定画富山的药箱。我们家没什么老物件，都是现代风格的。这个药箱放在柜子后面，平常都没留意。这回找出来，心里很高兴，像是有了大发现。

　　富山的药现在也在卖，虽说没有当年那么火了。现在也是用这样的桐木箱装着的。

　　越中富山的药很有名，奈良的药也卖到了全日本。全国的家庭都走了个遍儿，留下了百宝箱一样

的箱子或者布袋。里面装着感冒药、头疼牙疼药、消毒药、熊胆、眼药水，其他的忘了。反正差不多的常用药都有。一旦生病，全靠这个药箱。除非得了大病，都不用去看医生。

过一年半载，药商又转回来，补充吃光的药，收点药钱。就是这样一种流程。以前没有公害病这样的疑难杂症，这些药足够用了。

桐木药箱用的是竹钉。到现在都没坏，手艺真不错。箱子里除了底部，每面都写了一手好字。不是书法家，也不是专写招牌的人写的。作为业余爱好者来说，笔势流畅，很有韵味。

箱子表面写着几个大字，越中富山家庭药。旁边写的是广贵堂。其中一面上写的是，如果断货，请与越中富山市神通町、田边正久联系。抽屉式的箱子，上面还有小小的把手，实在可爱，就画了下来。其实像这样的箱子现在还有一个。百宝箱的样式，上面也写着字。盖子上写的是"药品箱"，四个

侧面上分别写着：圆圈里写有大字的商标、大佛堂商号、模范售药、家庭常备。我记得上面没写地址。

我小时候家里经营着津和野的三流旅馆。记得奈良的药商喜多先生经常过来住宿。

他在周围转一圈以后，保准要和父亲下一盘围棋。父亲每次铁定要输，却总是盼着喜多先生回来。喜多先生吃饭也跟我们一起，不像客人，倒像是亲戚。

说关西方言，爱开玩笑，不拘束的大好人。他还拨着算盘帮我做过作业。特别难以忘怀的是，父亲从梯子上滑下来受重伤的时候，喜多先生恰好在场，全靠他悉心照顾父亲，胜似亲人。

父亲过世后，我来了东京。

那是多少年前

的事了。也不知道从哪儿打听出来的地址，十五六年的有一天，我收到了一封信。这次把文件翻了个底朝天，终于找到了。寄件人是奈良县橿原市高殿町喜多早苗。

文字印象很深，现在还记得呢。

"我是喜多四郎的女儿。我出生没多久父亲就过世了。我一点儿也不了解父亲，所以想从他的熟人那里，打听有关他的事情。"大概意思是这样。

当然了，知道喜多先生有个女儿，而且他那么早过世，我很吃惊。对我来说，喜多先生是特别亲切的老朋友。根据文字和后面的故事推敲，早苗小姐是位十七八岁的美丽姑娘。也许是想问我父亲有关喜多先生的事，才寄了这封信过来吧。可我的父亲已不在人世。我那时还是小孩子，只能尽量把我知道的事都写信告诉早苗小姐。

从那以后喜多家就断了音讯。早苗小姐现在已经四十岁左右了吧。已经超过了我记忆中喜多先生

的年龄。

　　想必已经有了归宿，当上好妈妈了吧。

　　桐木药箱里现在不装药了。只有线头、小勺子、
不用的旧钱包和坏掉的钢笔。

红铜

我出生的 T 镇上，有一条清冽的小河流过。小河弯弯，流过小镇旁边，形成了幽深的水潭与河滩。

河滩旁有一家朝鲜人开的废品店。

有首有名的朝鲜民谣，其中一段翻译一下，大意是：

桔梗哟、桔梗哟、白桔梗哟，

深深山川里的白桔梗哟。

废品店的老板推着破铜烂铁般的自行车，吹响酷似唢呐的笛子，意味着"有废品没有？拿来换朝

鲜糖果喽"。一听到这个声音，我们就赶忙在家里翻找。巧妙地找出木饭桶的箍子、自行车铃铛、磨钝的擦丝器、烟袋杆上的金属头。如果不是纯铁或者红铜，老板总是抱歉地摇摇头。

除了铁，我还知道锡、铜、铝等金属，一眼就能识别出来。与其说是学校教育的结果，不如说多亏了废品店的老板。

把红铜的勺子踩扁再拿过去换，和老实给糖的店主，很显然能看出谁的品行恶劣。不知道为什么，当时有股歧视朝鲜人的风潮。有的坏孩子模仿店主制作朝鲜糖果，故意演得好像很脏的样子。其实最想要糖果的就是那些坏孩子。

上学以后，我交了几个朝鲜朋友。当时无故歧视风潮越发明显。

山下虎雄是个英雄。他比我们大两岁，五年级的时候转校过来。家里是烧炭的。他总是说要变成

丑太那样的人。丑太是佐藤红绿小说中的少年，因家境贫寒无法读书，全靠自学安身立命，并为正义而战。我记得山下虎雄原定在全校会演上给大家讲历史掌故，结果会演的三天前突然转校了。

他的年龄大些，已经懂得离别的悲伤了吧。在我抽屉里留下了一封信。上面写的是好好学习哦，多保重。

金冈龙二也比我们大，正义感特别强。身材高大，脸上长了青春痘。据说是我们年级里评出的打架最厉害的家伙。有一天，他和打架第二厉害的日本小孩吵了起来。俩人在教室里摆下阵地，恶狠狠地瞪着对方。日本小孩 H 手里拿着铁镇纸，摆开了架势。金冈空着手，过了一会儿，恶狠狠地来了句，我输了。说完便拿起书包一个人回家了。

仓石铁雄是个温柔的男孩。一开始不知道他是朝鲜人。他姐姐经常穿裙子，有一次我看到她穿着薄绢的朝鲜民族服装。在我看来，简直美得像仙女

一样。那一天好像在举办婚礼。阿铁说他没法去上中学，学不了柔道，觉得很遗憾。后来他去镇上的道场修行，不到两年就拿下了黑带。

山本民雄的父亲是朝鲜人，母亲是日本人。他脑子聪明，唱歌又好听，大家都说他应该去当歌手。有一天，他指着仓石对我说悄悄话："他是朝鲜人哦。"

我一时哑口无言。他说出这样的话让我很鄙视。长大以后，理解了山本复杂的心境，对不分青红皂白鄙视他的自己感到羞愧。

文龙章肤色白皙，是个温柔的男孩，家庭条件也是一流的。有一天，老师说："文同学从今天开始改名叫文严龙章。"阿文低头和大家打招呼。我后来才知道根据日本的政策，朝鲜人必须改名。

多么愚蠢的政策啊。

桔梗谣就是阿文教给我的。

他回到朝鲜以后，给我寄来了装在信封里的朝

213

鲜糖果。后来就再也没了音讯。糖果表面化掉了，没法看清信上的地址。

一别三十多年，和这些朋友都断了音讯。

我只听说住在 T 镇河滩上的人们，经常招呼附近的邻居，给庙会的活动帮忙，红、绿、黄、白，身穿五颜六色的民族服装，盛装游行，敲锣打鼓，边唱边跳，真是热闹非凡。我又想起了当年的红铜。

椅子

父亲盘腿坐着，我坐他腿上，觉得最舒服。

父亲是巨人，能帮我抵挡幽灵和所有的敌人。就连烟草味也能忍受。大人的对话虽然听不懂，却像摇篮曲一样，听起来好舒服。

那时候从来没有想过正儿八经地坐着。杂草丛中、路边的土坷垃堆、工地上倒塌的电线杆，随便哪儿都能坐。小学时的木头椅子也没觉得坐着受罪，有时坐在海边凹凸不平的岩石上睡着了，连涨潮都不知道。

失去了父亲这个"人肉椅子"以后，才明白了"坐着"的意义。和小孩的椅子比起来，老师的椅子

215

是上等的，校长的椅子有靠背。镇长和省长的椅子就更豪华了。最近好多人都在争抢参议院的席位。那肯定是我从来没有见过的最豪华的椅子，在上面舒服得都要打盹儿了吧。

和我们的愿望相反，椅子把人分成三六九等，成了利益和权势的象征。新干线的椅子能斜躺着，多让人高兴。十块钱就能坐上电动按摩椅。哪怕只是瞬间也好，做一场出人头地的美梦。

我有个朋友想让家里更舒服，就像酒吧或者咖啡馆那样，好让出人头地的美梦做得更久一些。于是，他在轻井泽林中建造了安装豪华吊灯的别墅。坐在像红色圆球的塑料椅上，吹起了烟圈。但家里还是没有成为惬意的休息场所，他想，也许是因为门后没有走出扑闪着假睫毛的女人吧。

认为客厅里安装三件套才是幸福的第一步，这个故事就是送给这些人的伊索寓言。

人们买椅子坐。和权势、出人头地所有的敌人

空想工房

打完仗，拖着疲惫的身体回家，安安静静地坐着自己的椅子。

除去头衔和虚名，衡量一个人的价值，判断他是否真正幸福，靠的不是参议院的椅子，而是家里的那把椅子吧。

外面坐硬椅子，回家就算坐上部长级别的椅子，也不能说是幸福。

坐硬椅子没事说明身体健康，值得庆幸。哪怕同一把椅子，在外面和家里，感觉就是不一样。

仔细观察你会发现，椅子是有灵魂的。豪华的椅子瞧不起人。泳池旁边的那种彩色塑料椅轻浮地嘲笑人。设计合理批量生产的椅子只有普通文员的灵魂。陈旧柔软的沙发像老婆婆一样容易受伤。古老又坚固的木椅像父亲一样威严而又温柔。

我想要的是父亲那样的椅子。放在家里随便摆着，不起眼、又老旧，上面还有瑕疵。如果不适合房间的风格，哪怕为了椅子重新装修都行。我认为

不是选椅子来配合房间，有钱的话，应该照着椅子造房子。椅子是主人的代言人，主人不在家，椅子就是房间的统治者。

最好是木椅。稍微重点不好挪动。最好是原木色的。为了防止虫蛀或者没必要的污垢，上点漆也行。就算上漆，可三流的木头摆出一流的架势，我也瞧不上。没必要奢侈，木头就好。必须是几百年后就会归于尘土的木头才行。

对了，就像电影或者照片里见到的蒂罗尔地区老百姓家里的椅子那样。随便在三合土地上放着，吃饭时坐着，想祈祷的时候跪在上面。有点装饰也行。就算当着人的面踢一脚，用起来不爱

惜，它也不会坏。我想要这样一把，能够为家抵挡所有敌人，像父亲的胸怀一样安稳，踢一脚能读懂它的悲伤的，拥有灵魂的椅子。

能够看穿这样的椅子才奢侈的都是行家。

柚木的话不低于十万日元。稍微挑点好木材，可就得快二十万日元了（这可是十日元就能坐电动按摩椅那时的价格）。

百宝刀真的方便吗？

某百货商场的地下，有人在卖百宝刀。

售货员历数古往今来的菜刀、擦丝器等厨房刀具的不方便，力证自己的"百宝刀"有多方便。那人亲自展示了一遍。眼看着萝卜细丝、蓑衣黄瓜甚至还有樱花的形状等，从那奇妙的工具中喷涌而出。如同雨水般水灵而又细如发丝的萝卜丝，用手绝对切不出来。真是太方便了吧。我也被激起兴趣，忍不住买了一个。

那天晚上，我模仿着售货员的宣传词，亲自演示切寿司的配菜时，百宝刀将发挥何等的威力。

没想到，我老婆付之一笑，说：

咱家一月能吃几回寿司啊。除了特别的纪念日外，就为了那点配菜，还要拂去构造如此复杂的刀具上的灰尘，用完还得洗干净收起来。这不是更麻烦吗？

　　百宝刀在我们家就用过那么一回。

独轮车

卖旧书得了四万块，被孩子发现，敲走了一万。他说想用这钱买个独轮车。我表示赞成，万一他不会骑，搁我们家里，有这么稀奇的玩意儿也挺好。

过几天孩子买了车。练习了三天以后，只能在上面骑两秒，还不能骑出去。我借来骑了一下，完全驾驭不了。痛切地感觉到了年龄的差距。正好有几个年轻的木匠来家里，他们试了一下都不行。扭伤了脚可划不来，大家才试了一次就下来了。

首先用脑子想想就知道，独轮车站不住。可仍

222 空想工房

然相信这个可能性，不断地尝试，经历了无数挫折的想法奇特的人，历史上到底有几个人呢？毫不厌倦，最终验证了独轮车竟然能走钢丝的第一人，多么伟大呀。骑不了车的我这么想着。

不祥的钢琴

　　得了一笔二十万的意外之财。有个谚语说为了子孙好，不要买良田。所以买了架钢琴。

　　说来奇怪，我家摆了架钢琴，却没人弹。

　　把拜耳交给还不到五岁的孩子，在旁边指挥着。可不会弹钢琴的父亲实在没有说服力。

　　话说回来，乐谱还真棒。能把复杂的音符写得这么整齐，看起来还挺美。可是两手为什么能弹出不同的音呢？左手拿凿子，右手拿木槌，不小心还能敲到手。两手能弹出不同的音，简直是罪恶。

　　孩子放弃了钢琴。不知从什么时候起，上面摆起了书。

邻居们摸着胸口说起了闲话。

听说安野先生家的书柜会响呢。

有一天，来了位 K 女士。问能不能让她弹一下钢琴。K 女士是电视台制作人，没想到竟然会双手连弹。那么难的肖邦《第二谐谑曲》，她竟然弹得如痴如醉。我在旁边的房间里工作，没有亲眼看到。但我认为那首曲子必须双手连弹才行。

K 女士弹完一曲，说了句，痛快多了，就马上回去了。

邻居们又传开了消息。

安野先生的钢琴弹得可真好，就是轻易不弹……

后来，有个维也纳的学生布鲁纳来我们家借住。我连连劝酒，表示了深深的期待：你是维也纳人，肯定会弹钢琴吧。

布鲁纳慢慢剪掉指甲，走向钢琴。

他弹的《月光》开始如清风拂过竹林，后来就变得激昂起来。我真不是夸张，那么大的钢琴摇晃起来，地板也跟着吱呀作响。

我们家的钢琴就弹过这么两回。

邻居们又议论开了。

上次听到的不是安野先生弹的呀……

布鲁纳先生后来离婚了。来日本是伤心之旅。因缘际会来了我家。

刚才说的 K 女士后来也离婚了。她的突然造访，热烈地弹奏，现在想来，正是离婚闹到最激烈的时候。

都说凡事有二就有三。这么不吉利的钢琴，肯定没人买吧。听我这么一说，邻居答道：

"这可不一定哦。我要是钢琴弹得好，今天就去弹一弹。"

真是可惜，钢琴又变回了书架。

小孩子偶尔也会乱弹两下。

午后，悠闲而又落寞的声音响起。

◇◇◇◇◇◇

蜂蜜

五月金灿灿的阳光下，苹果、桃子和油菜花同时开放的时候，很多蜜蜂诞生了。

在大自然的祝福下诞生的蜜蜂，和自然之美相比，工蜂的一生实在可怜。

不，自然可不美。这么说未免太严酷。天生是第三性，在短短四十天的生命中，连一次恋爱也没有谈过就终结了。

刚出生头两天还行，从第三天开始就不能糊里糊涂的了。女王的侍者、清扫、保姆、木匠、门卫等等，在严格的规定下工作两星期，轮到去户外工作了。

228 **空想工房**

在太阳下面，花粉飞舞的绿色花海上，漫无目的地飞来飞去，为上天的恩惠感到欢喜，排遣平日里的忧愁。它们的工作是爱情的使者。作为酬劳，从花儿那里得到一星点的花蜜。酬劳少倒也能忍受，可蜜蜂们知道世间竟有爱情，该是多么复杂的心情。

说到爱情，蜂巢里有一千只左右雄蜂。只有一只能被女王宠幸得偿所愿，沉醉于一生一次的爱抚。这唯一的雄蜂，以及另外九百九十九只雄蜂再也无法沐浴这样的荣光。

工蜂们在旁边看着，说给自己听。

"那有什么高兴的。在空中尽情地飞翔，才是莫大的幸福……"

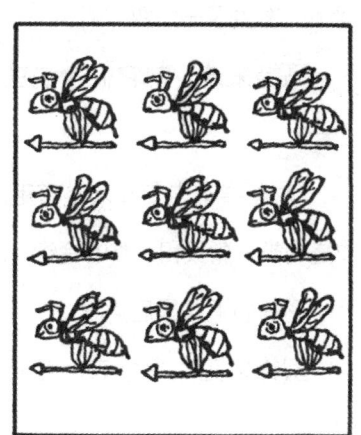

上溯到古埃及时代，五千年来蜜蜂和人类之间缔结了合约。

一、收获的蜂蜜，原则上来说，一点不留，全部上交给人类。但蜜蜂过冬的食粮不在此列。

二、人类保障蜜蜂们的安全。

蜜蜂忠实地执行了这份合约。

以前的人认为蜜蜂是孤雌生殖（处女生殖），把蜜蜂作为基督教的象征给予尊敬，用虔诚的态度遵守这份合约。但人类并没有保障它们的安全，这事可不只发生了一两次。

马蜂来袭，对它们来说就是无法忘怀的事件之一。

"反正蜂蜜也要被人类拿走，不过交给我们，好歹是同类。撕毁和人类的合约，成为我们的奴隶吧。"

马蜂们下了最后通牒。

蜜蜂以正义之名表示拒绝，为了一族的兴亡而战。

面对巨大的马蜂，蜜蜂们排成整齐的队伍，皱起眉头，脸色苍白，发动了攻击。还有比这更加悲壮的战斗吗？没有一只蜜蜂想到要生还，几百名勇士的尸体埋入土里，唯有胜利的记录装点历史。

对于这场战争，既没有吊唁，也不加赞美，人类打着哈哈就糊弄了过去。

蜂后君临于大约七万只蜜蜂之上。但它可不是每天玩乐。而是要进行一天产两三千只卵的繁重劳动。蜂后的寿命是工蜂的四十倍。

人类对如此大的寿命差距感到诧异，最后终于查出了真相。和别的蜜蜂不一样，蜂后喝的是一种叫蜂王浆的特别饮品。

这可不是普通的蜂蜜，而是蕴含了蜜蜂永恒奥秘的无价之宝。

实验结果显示，蜂王浆里不光有各种维生素，还含有荷尔蒙，是强身健体的秘药。

人类把它命名为蜂王浆（皇家果冻），以建设文化性集体住宅为条件，强迫蜜蜂们大量提供蜂王浆。

蜜蜂们表示抗拒。

"过去的条约里可没有提到蜂王浆。"

人类说：

"这只是条款的不同解读。"

"从前让献上幼蜂的时候，你们也是用条款的解读当借口。"

"……"

"不光是幼蜂，你们连蜂蜡也要据为己有。"

"只不过那次改了条约而已。五千年前的条约现在怎么通用呢？"

蜜蜂们不再多说，咬紧牙关思考了起来。

与其他和人类缔结合约的家畜一样，我们并没有靠人类养活，只不过得到了住宅而已。

而且由于播撒农药，其他的昆虫灭亡，以花粉为媒介的劳动日益繁重。

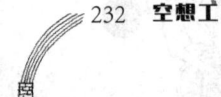

逃脱螳螂和蜻蜓的迫害，拼命采集的蜂蜜被人类吃掉，亏他们说得出来。

什么"如同新婚一样甜美"。

现在有甜美的蜂蜜还不知足，竟然想夺走珍贵的蜂王浆。实在是太过分了。

有一天，一只蜜蜂轻轻停在人类的喉咙上，把毒针扎了下去。

蜜蜂马上被拍死了。

公平地说，不管是什么理由，恐怖活动不是热爱田园和平的人士所为。

一阵轻风拂过，轻轻摇动掉落在草地上的蜜蜂。

已经没有希望了。

••••••

这是没有任何人认同的死亡。

蝈蝈和白菜

夜深风静。果然是十二月，外面飘起了小雪花。

点燃古老的煤气炉，房间里暖洋洋的。车子的声音也听不到了。正准备放张唱片开始工作，打开播放器，让人惊讶的是里面竟然坐着一只蝈蝈，还是活的呢。

雪花飘落的夜晚，《蚂蚁和蟋蟀》中的蟋蟀来到了我家。

真是让人吃惊。

过了一会儿，我才回过神，给浜野荣次先生（昆虫摄影师）打了个电话。

"我们家发生了奇迹。"

"……"

"有只蟋蟀。就像伊索寓言那样。"

"是草绿色，还是褐色？"

"草绿色。长长的须子还在动呢。一动不动，但还活着。"

"……那不是蟋蟀。"

"……"

"只是一种蚱蜢。成虫可以过冬。"

"这不是奇迹吗？"

"奇迹？嗯……好歹撑到了这个时候。……小心地把它放走吧。"

"那当然了。"

我很失望。这样也好，哪怕只有一会儿，伊索寓言里的蟋蟀也来了我家，大概是来听音乐的吧。

我刚坐上东京站始发的末班车，就上来一个穿着皱巴巴西服的醉汉。不，我可没资格说别人的衣服皱巴巴的。正好刚忙完展览会的装饰工作，我穿着磨破的雨衣，破破烂烂的工作服。

我马上掏出看了一半的《胡桃夹子》读了起来。当我发现醉汉端坐在对面，目不转睛盯着我的时候，心里有些不安，怎么也读不进去。

过了一会儿，他冷不丁开口问道：

"你的头发怎么那么长？还打着卷儿。"

"好久没去理发店了。"

"原来这样……有两个月没去了吧。"

"不，有半年没去了。头发打卷儿，能比别人省钱。"

"不，我问的不是这个。头发变这样，总有个缘故吧。对了，能坐你旁边呢？"

请吧。除了这个我还能说什么呢。旁边的座位毕竟也是电车的座位。我心想，还真是多嘴啊。由

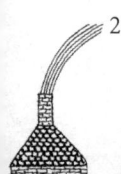

于工作原因这本书今晚必须读完，被醉汉缠住可怎么办。

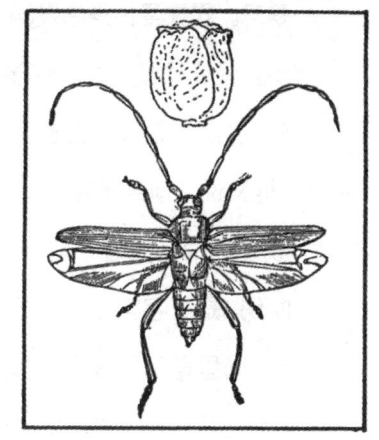

"胡桃夹子吗？嗯，今晚很愉快。是柴可夫斯基吗？"

坐我旁边可以，但你别说话行吗。我带着这种心情答了一句。

"不，霍夫曼。"

"哦，这样啊。你怎么会读这种小孩子气的东西呀？"

"谁说是小孩才读的。再说了，这是我的工作。"

"工作？我明白了。你是写小说的吗？"

"不，写不了小说。"

"话说回来，你的头发和胡桃夹子可不相称哦。"

"不，从头发上来说，倒是相称。"

"是吗。霍夫曼也是卷发吗？"

"不。我的意思是说都很奇怪。"

我想快点结束这个话题，就不再搭腔。过了一会儿，他又说了句奇怪的话。

"我对你很有兴趣。可你从刚才开始一直在看书。书不过是文字罢了。虽然喝醉了，但我是活生生的人。书里是写了很多事情，但它可比不上活着的人。和活生生的人相比，你对文字更有兴趣吗。我对你很有兴趣。你却不愿意跟我说话，这是为什么呢？"

"我今天晚上必须把这本书读完。"

"为什么呢？"

"为了画插图。"

"你是画家吗？希望你听我说说。要是你的话，肯定能明白。我感到很愉快。你看那个架子。上面摆着一棵白菜吧。说实话，是我刚捡来的。在八重洲口……漆黑开阔的夜里，掉了一棵白菜。你觉得呢？是不是挺棒的？"

　　我心里一惊。他说在仪表公司上班。可明明是个优秀的诗人嘛。

　　在这东京的正中央机械化的风景中，放眼望去，自然的东西只有月亮和太阳。东京车站广场这个让人发狂的装置中掉了一棵白菜。

　　这样的风景再也不可能遇到。我有些羡慕起他来。

　　和看书相比，也许和人聊天更好吧。

　　我决定把《胡桃夹子》的插图推迟一天。

明信片

　　巴黎的跳蚤市场有很多旧的明信片在卖，简直多得让人厌烦。褪色的风景照、时髦一时的女子、文明开化的交通工具等，通俗的东西比较多，甚至有些恶趣味的。

　　即便这样，还是比现代的明信片有魅力。为什么呢？是因为贴了老邮票，上面写着字吗？但那是无名氏的笔迹，我又看不懂。意思是说只要古老的东西，就有艺术在其中发酵吗？

　　肯定会被阅读，触发某种反应，从这点来说，私人信件胜于任何文学。而图画是各国共通的语言，不论是外国人还是孩子，都会引起大家的反应。从这点来说，胜过任何文学。

课堂上偷偷传递的纸片，老师的卡通头像，猥琐的画，这种通信手段，说句实在话，比老师说的俏皮话有趣多了。是能够确实引发共鸣的明信片（或者说是明信片的原点）

知名平面设计师制作的明信片，还有教室里的纸片，比较一下有什么异同，是个引人深思的问题。

乱画的一张纸片只能供大家传阅。画两张同样的东西传阅，效率提高到两倍。做成版画，经过高级印刷，华丽变身。这点不用说大家也知道。

乡下地藏王菩萨的祠堂里，挂着祈祷考试合格的许愿彩马匾额（明信片）让人会心微笑。作为雾中朦胧的田园小景来说很好。可要是变成海报，出现了自作聪明的复制品，成了所谓的平面设计，变得洗练精致，我就会觉得扫兴。

一张，或者少数的画，和大批量印刷的画，目的完全不同。这也意味着目的不同，才使得批量印

刷成为可能。在印刷机上印制版画的时候也一样，同样的东西数量增多，目的就变质了。

也就是说明信片带有私人信件的性质，而平面设计的前提就是大量印刷，两者目标不同，互相矛盾。

想从优秀海报那样的明信片上读到私人书信，也许是强人所难，但我却不认为这是贪心。可以说像横尾忠则、河村要助等的插画，正是因为私人信件风格的作品得到了较高的评价。

跳蚤市场的明信片，有时为了卖出去故意写些文字。能够看出来这是把大量印刷的物品故意改造成了手作。我从古老的明信片上接收到迷惑人的通信，感到很满足。

封面故事

一月号 柚子百人一首恋歌

小孩子没觉得柚子有多高贵。可多少能理解那高雅的香味，让大人很是欣赏。

小学五年级的冬天，我第一次知道百人一首。完全不懂诗歌的意思，却跟着那独特的调子，记住了一两首。

"今日泪盈袖，犹思相契坚。爱如波浪涌，吞此末松山。"虽说是笨方法，倒也记住了。好多年都没想起，现在还记得很多，真是不可思议。

"哪怕波浪越过松山（就像是说哪怕太阳从西方

243

升起），我也不会变心。你曾经流着泪对我发誓吧。"

诗歌就是字面上的意思。仔细一听，才发现这是带着恨意，逼问对方的悲伤之歌。"说什么赌咒发誓，真是轻浮。"现在才明白诗歌的深意，对我来说幸或不幸。

总而言之，等孩子上了五年级，甭管懂不懂，我建议大家都让孩子玩玩百人一首的花牌游戏。

二月号 鬼外福内 蜂斗菜的花茎

在我们乡下，说完鬼出去、福气进来以后，还会接着说一句，看看隔壁老婆婆的脸。为什么要说这一句，我完全想不通。撒完豆子，吃下和自己年龄相同个数的豆子，就不会生病。开什么玩笑。我要是吃四十颗豆子，不得把牙崩掉啊。

蜂斗菜是山上野菜的头一名。很有野趣。我不喜欢这种说法。野趣这个词的背后，要是没有那些不愿弄脏手的人的自以为是倒还好。

微苦的味道很难形容。我总是想，毒品不会就是这个味道吧。带着种植药草的心情，我在院子里种了蜂斗菜。

去年发了两个嫩芽，可惜的是最终也没长出花茎。

这个时节天气变幻多姿。高考啊论文发表什么的，对学生来说是充满苦难的岁月。

默念着远来的蜂斗叶，期盼着至少高考和论文发表的那一天，是个风和日丽的晴天。

再忍耐一下下吧。让人雀跃的春天即将到来。

三月号 桃花女儿节

夜里十二点，我给市川的诗人M打了个电话。他说自己刚回家。下面是概括他说的话。

"我醉醺醺地回了家。正好来到了桥边。这时候，当然要放声歌唱了。每回都是唱《大利根月夜》或者《妻恋道中》（注，很少有人知道的老歌）。不

知道为什么，这次顺口唱了别的歌。你可别吓到啊，竟然是《桃花节之歌》。

"点亮灯吧，亮闪闪。

给你花吧，桃花哟。"

皎洁清澈的月光，桥上的春风温柔地拂过脸颊。唱着唱着，竟然流出了眼泪。是对日常生活的小小忏悔，还是被童谣净化了心灵呢。

对了，词作者到底是谁呀？比起不靠谱的现代诗，这首歌更能打动人心。接下来的歌词好像是：

"五人乐队吹笛打鼓。

今天真高兴啊，女儿节。"

他没有解释流泪的原因，但我能明白那种感觉。不知怎么的，这首歌听起来就像古老的摇篮曲。我能想象出过桥时他的样子。真是个好人呀。我发誓，他绝对不是为了约我喝酒而拿女儿节当借口的男人。

四月号 樱花

四月，校园里的樱花盛开。不知道今天玩什么

呢？孩子们带着期盼，来到了学校。战后不久，我在乡下当老师。没教材，缺素养，两手空空，却要教理科。无计可施的我把目光投向窗外，猛然想起小学时教科书上的内容。

第一堂课就讲樱花吧。我让孩子们摘来樱花，得意扬扬地在黑板上画出了樱花的剖面图，勾勒出雄蕊、雌蕊、花瓣和花萼。

"同学们，每朵花都有雄蕊和雌蕊。以蜜蜂等昆虫为媒介，雌蕊接受雄蕊的花粉，结出果实。作为感谢，把蜂蜜送给蜜蜂。大家都舔一舔花蜜吧。"

当时教室里插了八重茶花和棠棣花。有个孩子说："老师，这朵花没有雄蕊哦。"

说什么傻话。没有雄蕊就没有种子，没种子也就不可能有这朵花的存在了。我带着绝对的自信，一瓣瓣地掰开八重茶花探个究竟。

自然背叛了我。掰到底也没有出现雄蕊。僵立在那儿的教师身后，樱花纷纷坠落。

我后来查了资料才发现，很多八重茶花的雄蕊都会变成花瓣，当然也就不会结果了。所以很多都是栽培种。

五月号 竹取辉夜姬

三十年前的五月二十四日，身为小兵离开乡下的时候，用少得可怜的配给酒和亲手做的竹笋，喝起了送行酒。

表哥在我耳边小声说：

"跟大家打个招呼吧，说留下年迈的父母参军，以后还请大家多多关照。剩下的就随便说几句吧。"

战旗飘扬，淹没了束着红带子、只有十九岁的我。

纵然想阻拦，也非人力之所及。

辉夜姬哭诉道：

"回去非我本意，然却非回不可。至少目送我回去吧。"

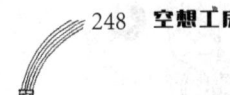

心乱如麻的伐竹翁哭着伏倒在地。

"我已悲痛欲绝，如何能送你启程。你怎忍心抛下我们自行升天呢，不如携我们同行吧。"

辉夜姬抽泣着留下一封信，回到了天上。

"此生若生于凡间，必侍奉双亲直至终老。此际别离，亦非我本意。今褪我身上衣，留予双亲做个念想。每逢月出之夜，愿双亲举首望月，千里共婵娟。今日抛舍双亲而升天，如自虚空坠地，五内俱焚。"

六月号 茗荷备忘录

前年，我在小金井车站偶然碰到了串田孙一老师。

"我要给某本科学杂志画茗荷。您说这会儿还能找到吗？" "不好说。都十月份了，估计没了吧。"这对话挺奇怪的。记得那时候还听他讲了个关于茗荷的趣事，可惜给忘了。昨天打电话问了声。

"那会儿您给我讲了件什么事吧？"

"有吗？说什么来着。有个爱忘事的和尚，连自己的名字都忘了，就在脖子上挂了个名牌。是这个事吗？"

不是这件事。不愧是专家啊。聊到茗荷，能扯两个钟头都说不完。真拿他没辙。

"好像是跟汉字有关的事。"

"哦，那就这件事喽。茗荷的茗是茶的意思，但在中国写成'襄荷'。为什么要这么写呢？我一直搞不懂。后来听我的中文老师说，'襄'的发音和日语'茗'的发音一样。"

这么说来好像是这么一回事。

"关于茗荷的事嘛，忘了也正常。"

趁着还没忘，赶紧把稿子写了吧。

七月号 玉米故乡曲

我借住在郊区的山坡上。随着夏日黄昏的临近，云朵、野山、悠远的天空、一望无际的地平线，组成了巨大的透视法构图，向着太阳献媚，蒙上了一

层暗红色。

夕晴秋风起 月影落 金钟儿鸣

坐在窗边吹响的口琴，是我在异国他乡无从依恋的哀伤青春曲。

有一天傍晚，隔着一块田地的白色小路上，三四个女学生唱着歌走过。

故乡的天空已远去 不知双亲可安康

女学生们隔窗偷看，明显提高了声音。

"学业未成死也不能回去，被这些家伙干扰可不成。"

我砰的一声关上了窗户。

看了《淌鼻涕的神》大吃一惊，发誓写文章时必须光着身子，不就是昨天的事吗？还说什么青春的口琴，真是太造作了……你是害怕写玉米吗？因为掉了两颗牙，没法再像推土机那样啃玉米吧。你是害怕这么写吗？

八月号 灯笼草烟花

我一直讨厌比较昂贵的烟花。但想着总得让孩子见识一下稀奇的玩意儿，便买了一个疑似美国制的烟花。粗粗的圆筒上画着降落伞，上面还写着英语。看样子伴随着声响会出现降落伞。

晚上点着火，却没什么反应。欧美跟日本什么都是反着的。那就是从下面点火喽。我在下面点火，马上就灭了，压根没有烟花。仔细读读说明就好了。可已经烧焦了一半，英语又烂，压根读不懂。

一股怒火蹿出来，气得我把垃圾都烧了，烟花也扔到火堆里，扑哧扑哧直冒烟。小心翼翼地凑近一看，伴随着一声巨响，老鼠一样大的火球从旁边蹿出去，消失在了夜晚的庭院里。

我先观察了一下情况，然后掏出手电筒找了起来。降落伞真是皱巴巴的。拿起来的时候感觉像抓着一只死老鼠。

后来我仔细研究了一下，发现里面用了日本的

报纸。原来是普通的国产烟花呀。

九月号 南瓜露虫晚餐

露虫已经在我家住了三年。过完夏天，不知从哪儿又回来了。应该不会是同一只虫子，但看起来却一模一样。

一到晚上，我就在家里找露虫。见它停在窗帘或者哪儿才能放心。放唱片它也不害怕，总是一起听得很入神的样子。

有一天深夜，我吃完冰激凌就放在了桌上。露虫把冰激凌的盖子当成目标，慢慢爬了过去。它先是晃动着长长的触角查看盖子上的冰激凌。接着又用前脚研究了一番。最后才哧溜哧溜吸了起来。可能是吃饱了吧，露虫往后退了一两步。就连我也高兴起来。它舔了舔前脚，就像饭后洗手一样。接着又用前脚捧起触须，送到嘴里。也就是说，它在品尝我们用肉眼看不到的粘在触须尖上的冰激凌。露虫完成这套流程以后，慢慢后退，嗖的一下飞到了

窗帘上。

难得看到露虫的这些动作，甚至有些庄严。

十月号 柿栗蜂臼都聚齐

自然的树都很美。所有的树向着天空，尽情舒展枝条，看起来就像自然秩序的体现。

从树干发散出去的枝条，不管有多少，也不管根有多深，从拓扑学的观点来看，都是一条线。也就是说连在一起，没有断开。

通过同一个脉络，从根到树叶，互相输送养分。我们认定两棵树是不同的，就是因为这一系列的生命有两个。

当我沉浸在思绪里，仿佛有了新发现时，脑海中浮现出了栗子树。栗子躲在长满刺的壳里。成熟以后和本体分离。也就是说，并没有连在一起对吧？

一个新的生命——栗子诞生，和母亲树的连接断开，从此分离的事实，不由得让我想起了人类相对应的情况。

栗子扎下根，向着天空舒展枝条，变成一棵美丽的树。

十一月号 烤红薯文明的臭味

有一句话说，人类最初的经验。例如，我最近见到了人类第一次从天上拍摄的巴黎的照片。现在看来没什么特别的，但在当时对于不是鸟的人类来说，却是从未有过的视角。随着科技文明的进步，我们拥有了不计其数的初体验。

打扫院子时，我经常往落叶和枯枝的篝火里扔块红薯进去。差不多快忘的时候就已经烤好了。

没想到今晚经历了惨败。我自以为技术不错，结果拿出的烤红薯变成了臭气熏天的硬块，简直让人想吐。

是不是腐烂了？用水洗了一下，恶臭仿佛渗到了红薯芯里。手也染上了臭气，用肥皂也洗不掉。

我不知道用什么词来描绘这种臭味。因为在此

之前世上并没有这种臭味，没有东西可比喻。

我好像把塑料的东西和落叶一起烧了。也就是说通过科学文明带来的恶臭，烤制了可怕的红薯。

十二月号 核桃夹忏悔

找核桃夹的时候，我发现了往画板上固定画布的工具。就像画家常用的钳子。可用来夹核桃却不顺手。还有种奇怪的内疚感。我想起了少年时代慢慢增加画具箱等工具时的感动。画家专用的钳子，属于特殊工具，实在不敢奢望。恩师 K 先生给了我一把有点生锈的钳子。于是，每次往画板上固定画布的时候，我都跟画画时一样感到浑身紧张。

三十年后，久经世故的我竟然用神圣的钳子来夹核桃。真是不孝之徒。前不久，还在下围棋时让恩师输得一败涂地。

实在是太内疚了。

对了，昨天看到安冈章太郎的小说里写道：打开门，在门缝里夹核桃。

早点读到这部小说就好了。

贺年卡

开始自己印刷贺年卡，已经有十多年了。以剩下的几张贺年卡为线索，趁着还没忘留下点记录吧。

1958 年

写了"安家麻子手尾目出唐"几个字，做成了拓本的风格。我还以为一张也不剩呢。却从桌上的角落里发现了珍贵的一张。——这一年指定禁止卖淫法。

1959 年

这种贺年卡上放了好多"亥"的同音字。让人汗颜的设计。示威游行的队伍高喊着反对安保，冲进了

国会。那天我正好在国会附近。脸色苍白的学生跑着和我握手，随后又跑走了，

1960 年

我制作了世界语的贺年卡。真是聪明反被聪明误。只有两个人看出是世界语。——浅沼稻次郎被刺杀了。

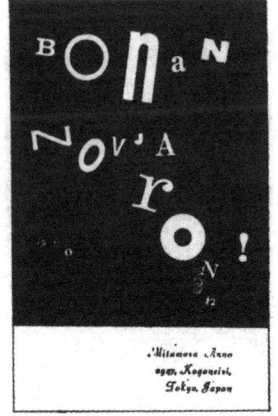

1961 年

做成了神宫历的旧式设计。复古风设计流行的前几年，我就做了这样的设计，感觉很自豪。——这一年，韩国发动了军事政变，朴正熙的时代来临。

1962 年

最近沉迷于古典音乐。就把贝多芬的第九交响曲的乐谱做成了贺年卡。——东海村亮起了最早的原子灯。

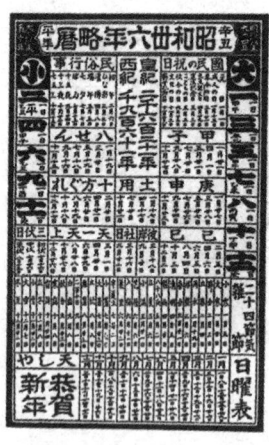

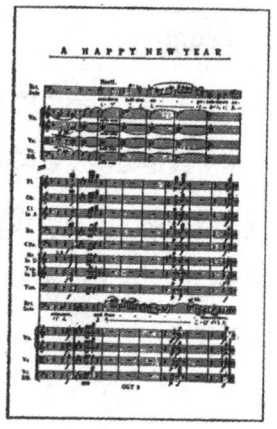

1963 年

櫻花色消容颜老，余身徒然淫雨中。小野小町。古书。——松川事件判定无罪。肯尼迪被暗杀。这一年去欧洲旅行，邂逅了埃舍尔的书，让我醍醐灌顶，神魂颠倒。这本书打乱了我的人生。

1964 年

这个阶段开始尝试剪纸。——东京奥运会。中国核试验成功。

1965 年

蛇年、漫画风格的贺年卡。——日韩条约成立。朝永振一郎博士荣获诺贝尔奖。

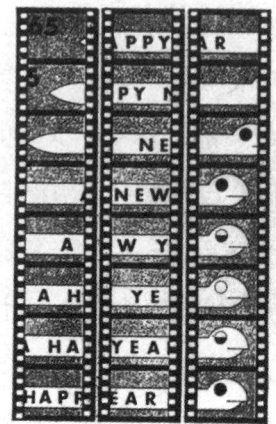

1966 年

更加憧憬中世纪。写下了希望世界和平的
话。——越南的战乱还没有结束。

1967 年

旗语。没什么可隐瞒的，这是我从前在军队学
的。演习的时候还被臭骂了一顿。——这一年邮资
涨价。中东战争开始。

1968 年

这是书的广告。遇到埃舍尔的第五年，我出版

了第一本绘本。——三亿
元事件、学生示威占领
新宿车站。苏联入侵捷
克。金嬉老事件。只有
一个好消息。朝鲜停止
核试验。而和平却迟迟
未至。

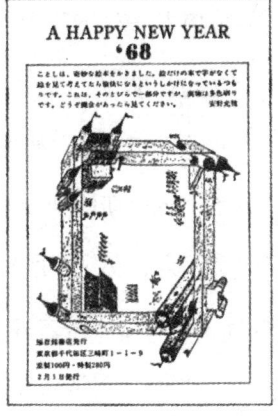

1969 年

这张没有前后之分。两面都写了地址和名字。

小时候我就手绘过这种创意的贺年卡。当时用楠正成的铜像当作邮票。两面都画了邮戳，这是我特别得意的地方。——阿波罗 11 号在月球登陆成功。东京大学事件。这一年，由于《数理科学》的村松先生的压力，缔结了通商合约。

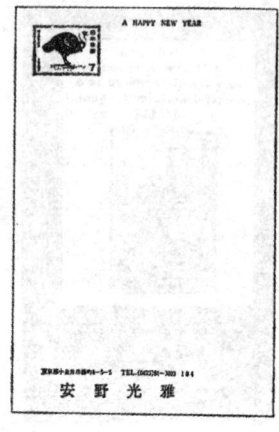

1970 年

做了张贺年卡，假装在小金井看守所服刑。那一年是狗年，盖上了所长和看守的验讫印，犬塚、犬井，名字里都带犬字。结果有很多人都当真了。真是凄惨。急性子的人以

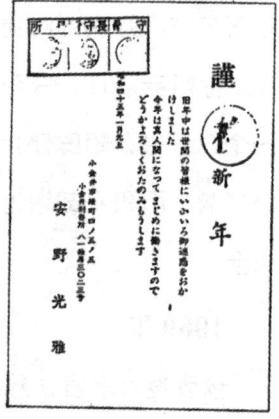

264　空想工房

为我被卷进了东大的纷争，纷纷打电话写信激励我。这一年可真是够忙活的。"入狱"的消息被人传开。直到现在都有人认为我有前科。——赤军劫持"淀号"飞机时间。世博会。

1971 年

做了个白纸的贺年卡，一角像是折了起来。大家评价还挺好，说白纸也能看出来是贺年卡。但在邮局的窗口却被拦住了。工作人员向我展示国家的规定，说贺年卡必须是 100mm×145mm 的长方

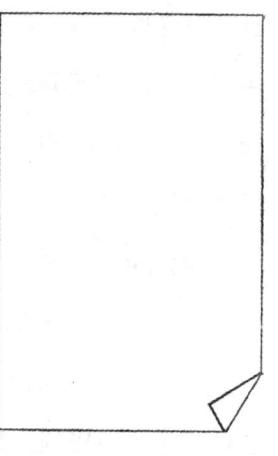

形。也就是说，我的贺年卡切了一个角，变成五边形，不是长方形了。他说得很有道理。可我也见过波浪纹的贺年卡，还有手撕和纸不规则形状的贺年卡。那又是怎么回事呢？面对这个问题，工作人员

说我查一下再告诉你。从那以后也没收到回音。可能是一下子寄太多了吧。于是，我在东京到处走着，每个邮筒分别投几张。

1972 年

乍一看像信封的设计。但这种小心机老是用的话，担心灵感容易枯竭。——浅间山庄事件好像就是这一年发生的。

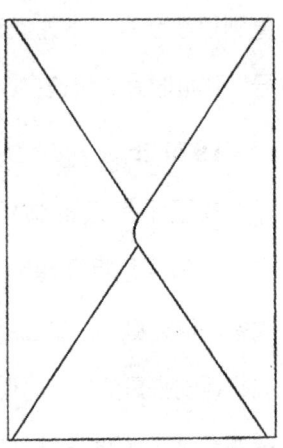

1973 年

模仿战前日历的形式。上面撕成了锯齿形。这也不是长方形的。军舰旗和国旗交叉带着点火药味。其实是盗用我儿子的创意。——这一年，石头计算机翻译工

作完毕。石油危机以及纸价上涨。

听朝日的坂根先生说，埃舍尔在阿姆斯特丹郊外的养老院静静地离开了人世。

1974 年

这是制作面向儿童的拼音绘本的副产品。——这一年，以金大中事件为起始点，日韩关系不断恶化。由于史无前例的水门事件尼克松总统辞职。《美丽的数学 —— 集合》翻译完毕。通货膨胀近在眼前。

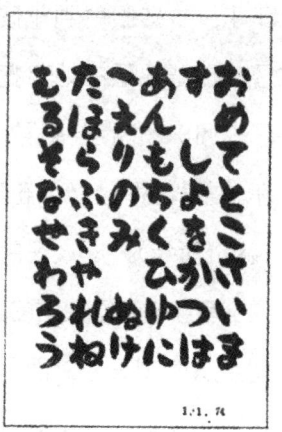

1975 年

兔年。画了火车票。三亿元事件过了诉讼时效。

截止到这儿的贺年卡，都在《数理科学》上发表过。原稿的末尾需要写执笔者的头衔。我就写了

个贺年卡评论家。一年只要干一次活就行了。

1976 年

忙得没时间准备贺年卡，一转眼就到年底了。在贴邮票的地方挖了个孔，先贴上邮票，在邮票背面写上"贺正"(恭贺新年)。没人在邮票上写字，还挺稀罕的。就用这个创意了，而且还不用印刷。说实话这也是儿子的创意。

这一年，由于洛克希德事件逮捕田中前首相。周恩来、毛泽东相继离世。苏联 MIG 米

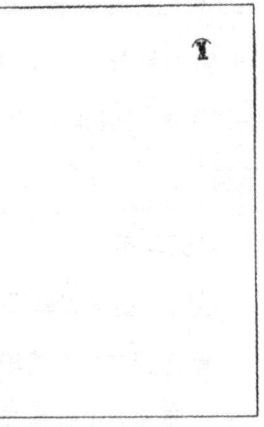

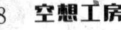

格—25"狐蝠"战斗机叛逃好像也是在这一年。

1977 年

我画了《旅之绘本》。

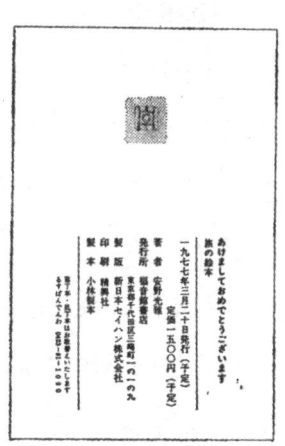

贺年卡做成了版权页的形式,还制作了验讫印的图案。把"安"字的"女"改成了生物学上的符号。

日本赤军日航劫机事件。王贞治选手打出了756 号本垒打,获得了国民荣誉奖。

1978 年

我给《朝日新闻》的新年号画了整幅的画。就用这张画做了贺年卡。到时候报纸和贺年卡的图都

一样，这就是我的小心思。

1979 年

由于是羊年，就用了羊毛的标志。多少有些偷懒吧。其实这也是儿子的创意。

今年刚开头，航空秘密合约的话题就讨论得热火朝天。这本书《空想工房》出版。对我来说是个小小的好消息。

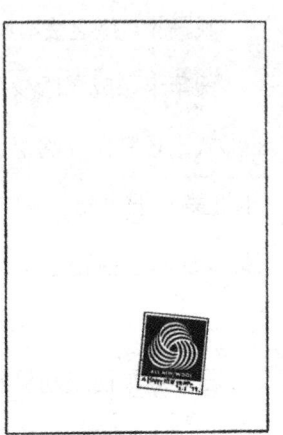

空想犯

十九

这个人经常骗人说狼来了。

等到狼真来了，就没有人去救他了。

普通小学品德教材　第一卷

来这儿按理说还不到一个月，铁窗外的季节变换却让人看得眼花缭乱。

虽说是秋天，可哭泣也不能减轻烦恼。冬天呢，甚至把灵魂都冻住了，整个人脱了相。

听不到熟悉的都市嘈杂的声音，排出的文明废

气也吹不到这里。朋友和学长的信，送到这儿的时候，早就彻骨寒冷失去了温度。我竟然来到了如此偏远的地方。

在这一片灰色中，只要还能享受阳光的照射，总有一个幸福的时刻，让我想起童年。

暑热夏日的一天，有人让我清扫跳水用的幽深水池。下了一阵午后的雷雨，积成的水洼恰好没过脚面。周围的水泥压得人喘不过气来，如同这间单人牢房一样，高得让人绝望。而在墙壁的尽头，能看到湛蓝悠远的天空。白云飘荡在空中，眼前浮现的东西，都被铁窗遮挡，看不到天空。

看守的脚步声越来越近。那家伙在军队里来说属于上等兵。每次把别人送我的文库本收走，做出读书的样子。我只要摊开看起来有点难的书，那家伙就会觉得跟我一样有教养，心情变得很好。

书是《疯狂部落》[注2]。K先生送过来的。

"古萨·德·梅斯特尔是萨瓦地区的骑士,国家被法国吞并后,通过身为彼得堡教皇大使的哥哥约瑟夫的关系……"

不知道事情的经过如何,反正他和别人决斗,被处以闭门不得外出之刑。于是,他就在自己的房间里旅行、观察,写成了《居室周游旅行》一书。

原来如此。在看似空无一物的单人牢房中,仔细观察的话,墙壁的裂缝、雨水流下的痕迹、原来住的犯人的涂鸦等,看起来成了道路、森林,就像广阔的大自然一样。我也学着梅斯特尔的样子,在这个大自然里周游一圈吧。对我来说,这是如同释放的救赎。

我想以后你们会明白,爬上空想阶段顶峰的时

注2 《疯狂部落周游纪行》,新潮社版。

候，那儿存在着让人意想不到的充实世界。^(注3)

空想多么伟大啊。最适合浮想联翩空想的地方，除了单人牢房，还有别的地方吗？

按照指南针颤抖着指示的方向，沿着墙壁上的痕迹形成的小路，迎着太阳拐个弯儿。就像电影的拍摄手法一样，聚焦在这条小路上，空想的相机镜头瞬间回拉到儿时白云悠悠的蓝天。

相机不停地拍着白云，此时那里已经不是单人牢房，而是自由的小巷。在这条街上，十人大家庭挤在六张榻榻米那么大的房间里，甚至压死了小婴

注3　反响不一。还有人这么说：
　　"我明白的。我相信那家伙不会犯错进什么看守所。可是无风不起浪啊。怎么可能什么事也没有呢。风平浪静的话，怎么会给人寄那么丢人的贺年卡呢。肯定是被警察拘留了一个晚上。有什么线索没有啊……"
　　我觉得没法跟他解释这事是莫须有的。因为别的事被逮捕，他觉得更容易接受。同样一篇文章，有这么多不同的解读，也算是提供了一个好样本。

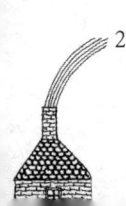

儿。旁边的镇上，吸着烟囱里喷出的浓烟不停喘息的人络绎不绝。单人牢房要安全舒服多了。为了入狱，不惜逃税、贿赂，这些人能想到这些，真是太可怕了。

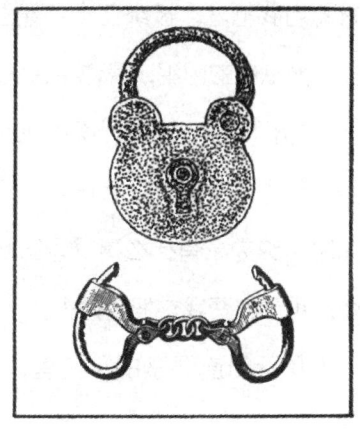

　　还是别说讨人嫌的话了。无论正确，还是错误，大家都平等地沐浴着阳光的恩惠。祈祷这些应该比我更早入狱的人们，能够找到隐身的石屋。

　　必须得快点了。知道我入狱以后，恩师寄来了这样一封充满深情厚谊的书信。得告诉他和朋友们，我那冰封的灵魂正在逐渐融化。

　　"你如此纯粹，忧国忧民，祈祷和平，必然是站在反战运动的前线。又或者像背负着众人的罪恶，

甘愿自我牺牲，被绑在十字架上的基督那样。即使你成为狱中的囚犯，我也不会失去对你的信任。

"留下的家人想必也很担心你的安危吧。严冬将至，狱中愈发寒冷。我已年过六十，纵然微薄，也想略尽绵力。有什么事尽管吩咐。如果能帮上点小忙，也不枉费我这把老骨头。^(注4)"

我不知道罪恶的小巷里，原来有这么多善良的人。

我也许没有资格说这种话，但我暗暗期待，为了能在拥挤不堪的社会，留住这些离开牢狱后的灵魂（不光是我，还有很多刑满释放的人），社会上如果只有前辈朋友这些善良的人该多好啊。

可惜哪有想得这么美啊。明知我的空想是谎言，还拿它当下酒菜，狂喜、冷笑，说什么那家伙平素就品行不端，肯定是侵犯妇女或者陈列猥亵物才被

注4　信里的内容大部分都是真的，谎言中的真实。在这儿添一笔，是对寄件人的尊重。

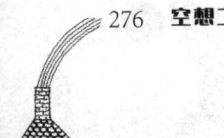

判了刑。到处鼓吹撒谎，写在周刊杂志上，想把事情搞大的人也有很多。

我也得给这些人去道谢才行。

为此挨家走过去说一声就能解决了。都怪我太轻率，竟然寄了贺年卡表示悔过。

"过去一年给大家添了不少麻烦。新的一年，我要重新做人，勤奋工作。请大家多多包涵。"

假设我是短期贷款诈骗师的话，文章写得还不错。正经人假装有前科，寄去了看似正规的明信片，想想都要偷乐。

看守所的印刷部无论考试试卷还是政府文件，都能迅速而细心地印出来。我以他们的名誉发誓，这些明信片绝对不是看守所印刷厂的成品。

故意印得粗糙些，要不然就不像看守所的印刷品了。我给街上的印刷小店提了这么个要求。也就是所谓的"演技"。可他印得实在差劲。这就是演过

头了。

验讫印^(注5)，因为是狗年，所长、看守长、看守分别取了犬井、犬饲、犬塚的名字。

"日本的学生都说警察是狗吗？"

美国人 I 先生指出了这个问题。我心里一凉。这要在从前，还真的会被告发检举出来呢。

不管怎样，印章还是挺有效的。因为古往今来，印章都是按在"如右所述无误"下面，象征着誓约。

尤其对于战前派来说，印章现在仍然是权威的象征。正因为这样很多人才到处乱按印章，验证印章的时候也比较草率。

截止到目前说的故事都是空想和谎言。用犬井、犬饲的印章，本来想说明这是谎言，却成了验证事实的证据。

也就是说，假想的小金井看守所成了真实存在的，我被关在了单人牢房里。

注5　现在看守所都不盖验讫印了。

因为送晚或者送错而得到差评的邮局、邮件配送员，请允许我提出反证，向你们表示衷心的感谢。^(注6)

注6　一月份以来，给我写的信大多都是写的小金井看守所和我的名字。好在门牌号是对的，都正确地送到了家里。

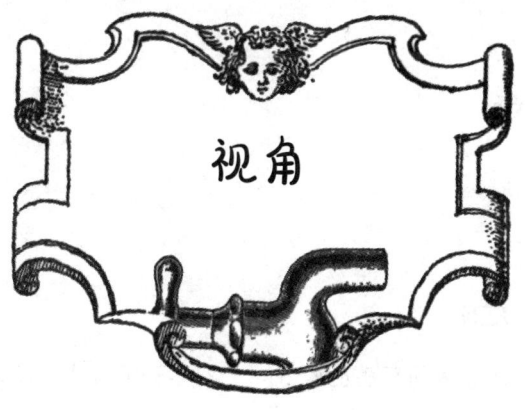

视角

视角

反面

快到末班车的时间了。一对年轻的恋人从刚才就站在门口，恨不得脸贴着脸。背对着我，看不清脸，但能感觉他们很幸福，肩膀都在笑。这情景看起来很温馨。

到了 M 车站，男朋友先下了。女孩子一直很可爱地挥手道别。等到只剩下她一个人，便朝这边回头，好像在找座位。

这时，我看到了一张无法想象的脸。

是个美人。但面无表情，简直让人不敢相信刚才她正和男朋友依依惜别。

简直就像面具一样。不，也许我看到的，正是拿掉假面以后真正的表情。

我在某电视台的摄影棚。另外一个节目正在拍广告。

化妆很漂亮的女人，眉飞色舞地谈天，优雅地说笑，简直就像新婚妻子在和丈夫聊天。说完以后，脸上还带着微笑，可爱地歪着脑袋。

我正在陶醉地看着，出现了拍摄结束的信号。

女人的脸上马上失去了光彩和表情。我又一次看到了假面下真正的脸。

命令形

又到了审定教科书的时候了。

我以前当过教师，也编过教材，所以对这件事很关注。

教科书里的语气很独特。"写作文吧"和"过马路吧"这个语气是不一样的。

后者是说，我要过马路，你也过一起过吧。而前者呢，我不写，你写吧。乍一看显得很温柔。而"试着写下作文吧"却没有逼人非写不可的感觉，显得更加委婉。这样的话，不如干脆说："请写作文。"

以前的教材都是直接用命令形，写、问、阐述。我的意见在教科书选定的现实面前显得格外苍白无力。

也就是说，失去了命令形的教科书的文风，可以理解为教师温柔的关照，但要故意往坏处说，这反映了现代教育失去了坚毅的态度。

如果说根据教育内容，无法采用命令形文体的话，说明学习指导要领有问题。

我希望在教育现场也能找到，如同体育教练那样，带着热情下达指令，互相信赖共同奋斗的美丽画面。

数学是语文

有人因为不擅长数学，哪怕自己不喜欢，也要选考试科目里没有数学的大学。为了考学而曲解数

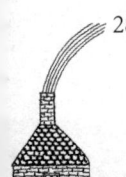

学，对本人和数学来说都是不幸。

数学就是语文，这么想怎么样？里面使用的语言，像指数、集合这样从字面意义上来说有的不好理解。但是每个用语都有准确的定义，从这点来说，比古典文学什么的更容易理解。

有的数学符号容易让人困惑，但这也是一种文字，在语文范围内已经解释得很清楚了。使用这些符号的数学公式，只不过省略了要写长文章的麻烦，变得更加简洁。语文崇尚明快简洁文章的话，那绝对没有能超越数学公式的。通过数学公式，也许无法感受文字描写的美感，却能让我们看到让人目瞪口呆的未知世界。

从这种意义上来说，甚至可以说数学是诗。诗和数学，都要慢慢品味。迅速读题解题，不过是技术的熟练，和头脑的好坏无关。数学考试用来测试熟练度的问题，不能衡量是否有创造性。

我没有自信能通过大学的数学考试，却有自信

能享受阅读数学书籍的乐趣。

因为数学就是用文字写的呀。

描述性音乐

与其说是标题音乐，不如说成描述性音乐更容易理解。天亮了，鸟儿鸣叫，铁匠铺开工了，模仿这些声音的乐曲中《森林里的铁匠铺》比较有代表性。小时候听到这首曲子，我得出了这样一个结论。原来像画画一样，音乐能用声音表现场景啊。

所以呢，提到贝多芬的《月光》，就要努力在脑海中浮现这样一个画面。月光照在湖面的小船上，激流拍打着岩石。这是对音乐的极大误解。

很多人好像觉得，对于低年级的小朋友来说，提供具象的描述性音乐很合适。事实上，像《森林里的铁匠铺》，还有其他几首描述性的音乐，作为鉴赏音乐，一定会出现在教材里。

但这是刊登书上，没法发声，乐谱又难，就要用解释性的文字和插图来糊弄。

还有人来找我给《森林里的铁匠铺》画插图。这可要闹得驴唇不对马嘴了。

让小朋友静静地听唱片不就行了吗。这种音乐很容易说明，也容易画插图，反而难办。从绘画上来说，就好像这种观点：觉得低年级学生适合鉴赏亨利·朱利安·费利克斯·卢梭的作品。描述性的音乐很矛盾，越是巧妙，越容易让人误解音乐。

蚂蚁之战

小时候，乡下家里的走廊上，有一个小小的蚂蚁巢穴。我特别喜欢红蚂蚁，像两个念珠串在一起，实在可爱。

给它们搭建屋檐防雨，用石头堆成堡垒，每天在城墙边放上糖果和饼干。从学校回来马上去走廊看，发现前一天给的食粮，被它们一点儿不剩地拖进巢里，就觉得很满足。

红蚂蚁的城堡建成以后，我发现五米远的地方有黑蚂蚁的巢穴。在我看来那是假想敌。便把小石

子和豆荚扔到里面，还往巢穴里灌水。让人惊讶的是才一天的工夫就被它们修复好了。

不断重复的过程中，有一天，我在红蚂蚁的巢穴里发现了让人震惊的变故。黑蚂蚁越过堡垒攻了进来。城堡陷落，奋力防卫的小小红蚂蚁尸横遍野，掠夺眼看就要结束了。

前几天，和生物学家日高敏隆先生聊起这件事，他冷不丁说了句：

"多管闲事，就会打乱自然的秩序。它们本来可以相安无事的。"

我这才知道蚂蚁之战是可怕的寓言，而不是像我想象中那么好玩。

思绪时刻

思绪和思考不一样。解答数学问题，阅读对手的思路下围棋，这些都是思考。不玩围棋了，合上数学书，能够停止思考。而悲喜交加、不断漂浮的思绪，却无法用理性来调节。"思绪"是非现实的，

无法直接发挥作用。但我认为这正是蕴含了创造性思维的肥沃土壤。

漱石攀登山路，想到了"执着于理则锋芒毕露"。数学家庞加莱踩上马车台阶的瞬间，得到了解答难题的启示。

像这样，解决问题的创造性思维，有时如同天启般灵光乍现，就好像独特的"思绪"乍现。

平时不努力，就靠上天的启示。这么想太投机取巧了。尽可能不要懒惰，也不指望上天的启示。偶尔给心灵放个假就行了。

农活，木雕，散步的时候，冷不丁想起死去的小狗、已经淡忘的人。漫不经心地做着手里的活，思绪反而不期而至。而现在呢，手工活儿被机器取代，闲暇被电视填满。

珍贵的思绪，离我们日益远去。

熟练和笨拙

熟练泡咖啡的方法，这么说没问题。可熟练说

话的方法，熟练写信的方法，这种就有点奇怪。所谓熟练说话，首先要把心里的想法和情感，用简明易懂，并且对方有好感的方式表现出来。从这个意义上来说没有问题。

表达的技巧足够熟练的话，不管你心里怎么想的，都能表现得像富有同情心。指导如何表达，通常是从常识性的对话、书信礼仪开始，慢慢地局限在固定的写作技巧上。熟练以后，就像说模范用语的播音员那样，让人感觉不到一点真情的流露。

石膏素描像画得太好，反而画不了画。这就像大人模仿孩子作诗写文章，完全没用一样。有的小孩太过乖巧，反而让人不舒服，就是被"我很行"的想法给祸害了。

从另一方面来说，"熟练"也是生活的智慧。讽刺的是，人类社会建立在不要完全表露内心的前提上。也就是说，抑制感情，站在理性方面来表达，这就是所谓的"熟练"。

尽管这样，我仍然觉得，熟练的说话方式等，从道德教育上来说就很难让人信赖，尤其是在表达真情的时候，反而是笨拙一点更好。这是为什么呢？是我把日常的表现和艺术表现混为一体了吗？

深藏不露的技艺

集体签名的时候，总有人说，要不您画张画呗。这让我很困扰。朋友是个书法家，他也很头疼总有人让他签名。这不是小气的问题。画家画画，书法家即兴写字肯定比别人厉害（其实也不见得），感觉别人像是在期待我展现深藏不露的技艺，所以很不自在。

"邻居阿熊画画有天赋，找他画个招牌吧。"这么想的人肯定会说，材料费我来出嘛。

有天赋是能画出来。可这样对于靠画画为生的人来说，比让他签名更头疼。我是个艺术家，不屑画这些，我可没有这么自大。我的意思是对于画家来说，让他展现深藏不露的技艺时，总不能画

画吧。

　　有位不懂事的主持人在宴会上让某个歌手唱歌。掌声响起，歌手左右为难。对于歌手来说，只有在舞台上钢琴的伴奏下才能唱歌。在酒席上被人说一句，给我们展示你最自豪的歌喉吧。哪有什么心情唱歌。这就像做官的人私下以个人身份发言，公办教师去给自己的学生当家教一样。

　　一幅画，不考虑原材料，就只剩下某种思绪，甚至可以称之为灵魂。灵魂，可不是什么深藏不露的技艺。

神圣的示威游行

　　最近我在神田的街角等人。从对面慢慢开过来一个亮起红灯的巡逻车。我心想，这附近停的车可都要挨罚了。没想到巡逻车压根没留意周围的车子。后面走着三名妇女，最后还跟着两个警察。仔细一看，三个人都捧着标语牌。降低物价，不要提高公共费用什么的。我还看到了"民间"

两个字。

在一片嘈杂中，竟然还能听清三个人啪嗒啪嗒的脚步声。过了好一会儿，我才意识到这异样的光景就是在示威游行。我一直以为有人组织动员，到处发传单，言辞激烈地声讨才叫示威游行呢。（顺便说一句，"怨"这个词，只有在水俣病公害的时候才能用。其他的抗议斗争中使用，会削弱这个词的分量。）

对了，大概一个月前，在数奇屋桥递给我抗争老人福利传单的，就是位驼背老人。世上竟有超过五千万日元的退休金，里面就有这些为物价高涨而苦苦挣扎，担忧晚年的平民百姓的税金。

只有三个人的神圣的游行队伍，执政者从她们身上能看到什么呢？

有个词叫时代的洪流。大家不会不知道吧，时代的洪流正如这三个人啪嗒啪嗒的脚步声那样，朝我们日益逼近。

安抚性的布告

公园里的三色堇盛开。旁边立个牌子，上面写着"爱护自然吧"。

小时候，我从来不关注花什么的，眼里只有野莓、山栗这些能吃的东西。去山上摘草莓，采集橡树叶的时候，腰里总是别着锋利的小刀。很想效仿抓住野兔的朋友，万一我遇到熊或者野猪了呢。

没有草莓的时候，就去砍竹子做成笛子或者钓鱼竿。有时去河里抓小鱼和螃蟹，看到蛇总要杀掉。现在右手上还有道伤疤，就是去砍竹子的时候，被切口拉伤的。

我不爱自然。反而向自然开战。非要辩解的话，自然可没有脆弱到需要人类的爱。

我总是输掉。

但现在的日本不一样。炸山填海，季节也能随心所欲。打仗的方式很卑劣，残忍到连非战斗人员也要杀害的地步时，征服者总是很恐惧。人类之战

294　空想工房

同样也是如此。所以征服者采用发布安抚性的布告。所谓"爱护自然吧",意思是无力阻挡喷向空中的煤烟,拦不住流向大海的污水的我们,至少要爱一下公园里的三色堇是吗?

探视

听某位太太讲起了她在妇产医院住院时的事。

四人一个房间,其中三人的老公是精英上班族,另外一个是翻斗车司机。

当时,翻斗车可是臭名昭著。而上班族简直就是知识分子的典型。这个屋里话题的走向,大致能推测出来吧。

不知道是工作忙,还是偏要赶在这时候去喝酒,太太都快生孩子了,心里这么紧张,当丈夫的也不来探视。四位太太抱怨的时候,当天下午六点,也就是医院规定探视的时间已经过了。

深夜,有个男人突然从窗户里爬了进来。翻墙爬树,沿着屋檐,如同忍者一般溜进来的坏人是翻

斗车司机。

把怀里抱着的一捧冰激凌分给大家，聊了些近况，发现太太还没生，便悄无声息地消失在了黑暗中。关于到底什么才是真男人，另外三个太太深深点了点头。

说的就是这么一件事。写这个故事我总觉得有点不好意思。

要是我的话，没准儿会说，没赶上探视的时间，匆忙中偷偷翻墙而过的时候，被人捉住了。

我是空想家

我的爱好就是空想。早上后悔没有当职业棋手，下午就开始懊恼推了相亲的事。

闲暇的时候，拿着机关枪穿过时间隧道。最好一出来就是动乱的时代。比如说一之谷，我冲着源氏大军开炮，他们挨个倒了下去。听到这个声音，平氏醒来后追赶源氏大军，形势出现了逆转。平氏恳请我做他们的军事顾问。当然会送上美酒佳肴和美人。战争并没有就此结束，每次出现纷争，我就会端枪平复战乱。征夷大将军的宝座眼看就要到手。

啊，这时我才发现弹药只剩下一半。展示剩下的枪药，呵斥士兵，收集铜铁，还用寺庙的铜钟应急。命人找来硫黄和硝石，打算至少做点简陋的弹药。直到这时才惊慌失措，发现弹药做法相关的知识和实际大有不同。

我终于领会到机关枪的出现还需要漫长的历史。感到武力极限的我，竟然打算凭三寸不烂之舌换来和平。想法真是太天真了。

枪手也要睡觉。一天晚上，一个女人溜进来，拿刀刺向我的胸口。

亲自论证武力的错误，昭示了时代如此愚蠢的空想殉道者，现在正要步入香甜的睡乡。

世界第一难的书

有两个词是"看"和"读"。不看就没法读，看是阅读的前提。

平时活字印刷的文章看起来是个平面。而阅读的时候，就变成了用目光挨个追随直线状排列的文字。

阅读文章，看画和风景。但进入眼帘，不代表全都看到了。集中注意力，有清楚的认知，才叫看到了。

看到一堆人，没有挨个看就是这个道理。如果想从一堆人里找出特定的一个人，必须拍成照片，挨个地找。

空想工房

这和读书很像。

无论画还是文章，注意力集中在印刷品上面，可以说已经从看转移到了阅读上。

这里说的阅读，意思是理解。

印刷品，归根结底是把某种信息传达给对方的手段之一。有很多人会仓促地下结论，只要把印刷品递过去，里面的信息就能全部传达给对方。

这和只要去学校，就必然会学习的想法相似。哪怕是看了印刷品，是否阅读，以及就算读了，内容能否正确地传达出来，仍然是个疑问。

和印刷品相比，手写的书信几乎百分百会被阅读。同样都是文章，为什么差距这么大呢？

制作印刷品的一方，无论如何都要想办法模仿书信，这个可以理解。但某个短路的百货商场，经常寄来做成手写效果的印刷品。装模作样的样子，简直让人想吐。难道他们自己意识不到吗？

要想模仿私信，光学皮毛没用。真正应该学习的是包含在书信中的真情实意吧。

　　学校经常布置作品的印刷品都是用蜡纸印的。赶不上真正机器印刷的成品。但这种蜡纸印刷品里却包含了书信那样的真情。从阅读这点来看，远胜机器的蜡纸印刷品越来越少，真让人难过。

　　为了让人阅读，不，作为前提首先要让人看到，印刷品之间展开了激烈的竞争。要有自己的特色。宣传部门，尤其是商业宣传，通过平面设计师之手，做出了与时共进的洗练作品。

　　功过暂且不提。从为了促进阅读而设计的观点来说，至少和书籍等普通印刷品相比，进行了深入热心而科学的研究。

　　一般的印刷品需要学习其中的很多研究成果。但教科书从根本上来说立场不同，无法简单地模仿。

　　我说得有点武断了。印刷品的立场差异在于，

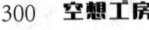

免费送来的信息，和自己花钱买的信息。

免费印刷品，从收件人的角度来说，看不看都行。花钱的呢，不光是看，还要仔细阅读。这是其中很大的差异。

我刚才写的是免费，也有乍一看是免费，其实不是免费的。例如作为宣传费用，把费用转嫁到商品的价格上面。免费发放的教科书，其实包含了国民的税金。从这种意义上来说，教科书集中了全国人民的关心。提及教科书，不是因为我和教科书制作有关联，而是因为我也纳了税。

那么免费的宣传，也就是说所有的宣传都是很华丽的吗？也不见得。

"税金申告的方法""人寿保险

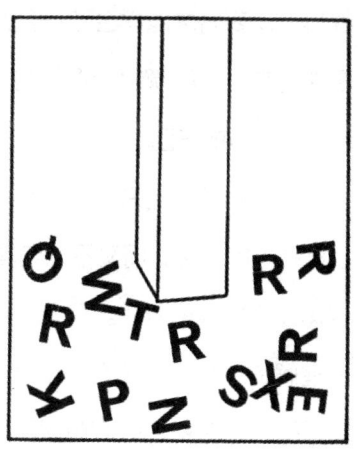

的条款""教科书"等等，非常难懂。有的甚至让人猜疑，是故意不想让人读吧。这也和刚才免费收费有关系。

提到容易读懂的印刷品，必须得考虑经济原因，我们现在暂且不涉及这个问题。

列举难以读懂的例子，提到教科书，也许有人会觉得奇怪。但这是大人的看法。对小孩子来说，教科书的每一页都是未知的世界，是最难读懂的大道理。而教科书必须读这一点也很重要。因为学了教科书，我们才能学会读信。从阅读教科书以及必要性上来说，尽管编辑很努力，但教科书仍然是世上最难读懂的东西。

从这种意义上来说，教科书背负着比其他印刷品难得多的宿命。而又不给编辑费，编辑工作本身，依然处于摸索的阶段。只从印刷这个观点来看是无法理解的。必须从经费、审定、选定等的难关来思考。但请允许我只从印刷的层面提几个观点。

文字

低年级的语文书上使用的文字有个传统，和纸张大小相比，文字大得多。有时候字太大了，反而不好读。听说这是考虑到有些孩子的视力不太好。这么说的话，高年级的教材，还有其他科目的教科书也得把字印大了才行啊。

当然我们不能抛弃这些视力不好的孩子。可以考虑把纸张从 A5 扩大到 A4，哪怕贵点也好，单独给他们制作教材。

平假名的原则是照排文字。结果字间距比行间距还要大，看起来版面很乱。我觉得这点需要考虑。

通常来说，平假名、照排文字，有时候和汉字混用，所以要弄小一点。这样组成的平假名文章反而更加杂乱不一，不方便阅读。

另外，教科书里由于制约汉字的原因，很多时候把一个固定词汇弄成了平假名和汉字混合的状态。这种时候像汉字一样，用拼音注解不就行了吗。

话说回来，就算能读出来，也不懂字的含义啊。例如"热情"的"热"字，对孩子来说就很难懂。

教科书里除了正文，随处还能看到总结、问题、脚注等。这些好像是展示各社智慧的地方，有很多装饰图案，自以为是的符号等等，显得排版很像那么回事。但从阅读的观点来说，这些最好不要有。我觉得需要重新反省思考一下。

插图

插图和照片、图解只是直接补充说明正文，间接性辅助阅读的东西而已。

教科书的编辑都比较古板，不明白直接说明和间接说明的差异。我的立场是插图是间接性的，不要过度说明。文字、文章的世界，本来没有插图就能成立。

颜色

低年级的教材都是彩色的，年级越高，色数越少。据说这是出于经济方面的考虑，教科书公司为

了避免无谓的竞争，早就商量好的。

其他行业要是偷偷统一定价或者品质的话，早就被公平交易委员会训斥了吧。

教科书互相竞争，两败俱伤当然不好。内部统一的规定不要这么机械，更加通融些才好。

组合方式

能让人读起来舒服的版面，其实非常微妙。同样的原稿排成文字，也会带来微妙的不同。举个极端的例子，有的作家适合八磅字，有的却适合十磅字。

现在还有人觉得文字密密麻麻的书显得很廉价。难读也不见得就便宜吧。

文章的节奏、版面、翻页的速度、行间距的空白等完全协调的时候，文章读起来很舒服。

报纸换成纯白高雅的纸印刷，还会让人觉得亲切吗？漱石的小说改成左翻横排，就会显得很时髦吗？

以前和谷川俊太郎聊天的时候，他说希望用便

宜的纸，蜡纸一样粗陋的印刷，风一吹恨不得就飞走的诗集，要是有出版社愿意这样做就好了。

作品、印刷和阅读之间的关系，以如此理想的形式出现，想到从来没有见过这样的印刷品，忍不住嫉妒他的慧眼。

文章

组合得好，配的插图也很理想，就容易读了吗？还是有问题存在。归根结底，还是要看文章的好坏。说句实在话，读了教科书上的文章，虽然没到丸谷才一的地步，也觉得很厌烦。

看样子在教科书的世界，呕心沥血创造作品的作家的心行不通。说教科书难懂，最终不在于文字、插图和印刷技术的好坏，归根结底还是看文章。

为子孙买土地当遗产吗？

吟游诗人克拉伊兹在某个酒馆里遇到了奇怪的魔术师。魔术师看出克拉伊兹拿着的羽毛有魔力，便提议：

"帽子里的东西应有尽有，跟你换羽毛怎么样？"

"你既然说应有尽有，那就拿出来羽毛怎么样？"

克拉伊兹回击了一句。但魔术师没有放弃。克拉伊兹便提了个交换条件。

"你要是能掏出来和这个帽子一模一样的帽子也行。"

帽子生帽子，可不是小事一桩

这是我正在构思的一个童话的梗概，打算起名

叫《诗人克拉伊兹》或者《魔术师的帽子》。

这个故事里出现了拉扎罗·斯帕拉捷教授（18世纪意大利的博物学家）。当事人不知道怎么听说了我在写的故事。

"帽子生帽子，可不是小事一桩。"听这口吻好像在说我入侵了生物学的领域。教授让我给个说法，解释清楚帽子生帽子这件事。

看吧，S教授时而威胁，时而用酒招待，逼迫年轻人限时给出答案。

S教授只去过研究室和酒馆，不知道世上其他人都在想些什么。他好像很想知道作为门外汉的我，对遗传基因学了解到什么程度。反正对他来说，我和实验室里住的大肠杆菌没什么区别。

帽子生帽子，的确不是小事一桩。出生的帽子，如果和原来的帽子一模一样的话，说明出生的帽子也能生出帽子。

这样一来，魔术师的帽子就不再是普通的帽子，

而是形成了奇怪的帽子生物系统，让全世界的帽子店都破产。

像这样不断增加，叫自体繁殖。自体繁殖是区别生物和非生物的唯一根据。如果我做出了能够自体繁殖的帽子，他们肯定毫不犹豫地把帽子登录成生物吧。

现在的科学家是穷途末路的炼金术师

什么是生命？古往今来，宗教家、艺术家、科学家，大人小孩，所有人类都觉得生命的秘密很不可思议吧。只浇了透明的水，为什么会开红色的花呢？都说乌龟能活一万年，到底有人见过吗？

全能之王为了让自己的生命永远延续下去，败光所有财产寻找长生不老的神药。

冷笑的炼金术师是这个不可思议的时代的精英。而今天的科学家，不过是穷途末路的炼金术师。这么说他们肯定生气吧。

科学家们终于接近了生命神秘的真相。把花或

者人，细分到极限，就能找到所有生物的共通项，他们命名为细胞。

细胞在显微镜下，我们人类的面前，展示了自体繁殖的过程。生出的细胞有细长的，也有圆的或者三角形的，还有触角伸向四面八方的。但这些从拓扑学角度来看都是一样的。细胞核中细微的变化，带来了人和花之间的差异。

就连大肠杆菌这样的低等生物也是一样。细菌和人一样，都以细胞为单位，化学上来说有很多共通点。这也难怪 S 教授把我和大肠杆菌同样看待。

改造遗传基因从而改变形状的实验

从帽子里面飞出扑克牌、鸽子没什么奇怪的。这就是我们所说的"生产"。苹果树上结苹果。这也看作是生产。但苹果又变成了苹果树，这个就很难理解了。这是生命的奥秘。而且苹果妈妈和苹果宝宝看起来简直一模一样，这又是为什么呢？

我们人类亲子之间也有很多相似点。这是为什

么呢？经过不同的世代，传承下去同样的形状，称之为"遗传"。

科学家们不仅发现了细胞，研究了生命相关的科学问题，还打算弄清楚孩子继承父母特质的原因。

聪明，健康，能继承这些好的特点。而不幸的是很多不好的特点也遗传了。有时候还会出现让人无法置信的变化。

为了研究明白第二个奥秘——遗传，科学家们兴奋地描绘了梦想的蓝图。你争我抢地改良动植物的品种，通过射线刺激细胞改变植物遗传的流程。分子生物学的进步，使遗传基因学学科诞生了。

科学家们说，我们的遗传学终于

捕捉到了遗传基因的内核，通过改造遗传基因，从而改变遗传性状的实验取得了成功。这意味着在不久的将来，彻底消除色盲等遗传病成为可能。

仔细观察细胞，可以看到细胞核。加上蓝色红色的染料，能看到核里有绳子一样的东西。这叫染色体。

进一步研究染色体发现，里面充斥着 DNA（脱氧核糖核酸）这种化学物质。简直就像念珠串成的链子一样。这才是遗传基因。你可以把念珠看成是活字。

活字通过字模铸造出更多同样的活字群。这些活字印刷出来的文字，决定了细胞工厂内制造的蛋白质的构造。

二十种氨基酸构成蛋白质

不光是我们人类，对所有生物来说，蛋白质都是构成生命最基本的物质。小学里我们就学了。但我没有亲眼看到就不明白，一直以为蛋白质就是鸡

蛋和豆腐。

吃了豆腐，就马上被运到身体的某个地方转化为血肉。并不是这样的。豆腐含有很多蛋白质，在消化器官里通过酶的作用，分解成各种氨基酸，然后再借助酶的力量，组合成适合人体的蛋白质。对了，酶也是蛋白质，这么一说显得更复杂了。

蛋白质好像有一百万种左右。就连最简单的细菌，也有两千种左右。我们人类好像有五万种左右。生物经常拥有同种蛋白质，可以说细菌和人类，也像是亲兄弟。

但除了同卵双胞胎，不存在拥有几乎同样蛋白质群的人。把 A 的皮肤移植到 B 的身上会出现排斥反应就是这个原因。怀孕的女性会孕吐，就是母亲和孩子的蛋白质差异导致的排异反应，听到这个说法我很惊讶。

据说蛋白质是由氨基酸连在一起组成的。例如因为糖尿病而广为人知的蛋白质胰岛素，1 个分子

313

由 51 个氨基酸组成。

　　有这么多蛋白质的话，肯定也有很多种氨基酸吧。事实上全部只有二十种。仅仅二十种氨基酸就能组成那么多蛋白质，这就涉及到数学里排列组合的问题了。构成一个蛋白质平均需要四百个氨基酸的话，就是 20 的 400 次方。这意味 520 位数的巨大数字，每种蛋白质只有一个的话，就可以把宇宙填满了。

改变遗传基因就能纠正误排

　　组成适合自己的蛋白质的设计图是 DNA，也就是遗传基因。按照 DNA 的设计图，RNA（核糖核酸）努力工作，按顺序摆好氨基酸，组成特定的蛋白质。对于勤快能干的 RNA，每个任务都详细而明确。

　　例如苍蝇的染色体里密密麻麻的 DNA，哪个部分是眼睛的颜色，哪个部分是羽毛形状的设计图，都已经研究清楚了。这个蛋白质制作工厂，工作时远远要比人类的工厂正确、迅速、有效率。有时候

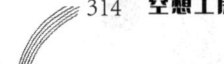

会突然发生事故，父母或者祖先没有的性状突然
出现。

镰状红血球贫血症这种传自非洲的遗传病，就是一个氨基酸弄错导致的不幸例子。

一本书哪怕只错一个字，不管印刷多少次，误排也不会消失。没办法只好用勘误表来应急，但书里的错误并没有改正过来。要想把误排改过来，就要追溯到活字，也就是 DNA。即使没有误排，只要改变几个活字，烂文也可以变成优秀的文章。

生物学家突然想，能不能改变遗传基因，反向利用变异，人工支配遗传呢？

像这样，遗传基因学准备杜绝所有的遗传病，

繁衍比自己还要优秀的子孙。自己连环球小姐的候补都当不上，子孙却有资格通过审查。自己费尽辛苦才把头发染成红色，孩子却不用费劲儿。

田地里米粒有鸡蛋那么大。葡萄架上西瓜那么大的葡萄串成了一大串。

但存在着某一天巨型苍蝇或者鸟儿袭击人类的危险。照这样下去，出现怪兽也是轻而易举的事情。对于不喜欢科幻的我来说，没法畅想遗传基因学的美好未来。

人类拿着遗传基因改造的钥匙，是值得祝福的事吗？这不是在挑战自然法则吗？

一个遗传基因的替换会带来幸运，反之也有可能带来不幸，谁也不能保证。

S教授叹息着说："人类从太古时代开始农耕的时候，就已经在违反大自然的法则了。"

创造出地球上从未有过的细胞国家

关于帽子的增殖，我没法加以说明。假设那成

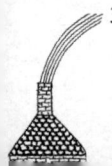

为可能，从高顶礼帽变出圆顶常礼帽也很简单。作为基因突变，也许会出现头盔。

事实上，诗人克拉伊兹在故事中，为了探究这个秘密，掉入帽子的黑暗中，来到了地狱。我决定早晚完结这篇故事，好作为对 S 教授的回答。(这本书《魔术师的帽子》完结后由童心社出版。)

"人类哟，大干一场吧。"一个声音传来。是细胞的声音。

我想着如果把人格给予一个小小的细胞，那么人体就是细胞王国。细胞民众散落在全世界，植物、动物，各自组成不同的国家。

国与国共同协作，互相残杀。加上遗传基因的作用，试图在地球上创造出从未有过的国家，这也是脑细胞想出的主意。

为此，即便某种细胞国家繁盛或者灭亡，细胞也不会从世上灭绝。

戏法机关

　　一棵大树立在那里。树枝尽力伸展，差点碰到地面。小时候我曾在树下玩耍。

　　捕捉在地上爬的蚂蚁，抬起十厘米高，让它停在树枝前端。如果蚂蚁想去枝条最前面玩倒还好，如果它想回家的话，我做了多么残酷的事啊。

　　如果这条树下有小河流过，河对岸有枝条朝这边垂过来的话，他怎么样才能回到家呢？

　　过去那不过是游戏。而现在想来，那种可怕之处和数学思维不无关系。

　　在这里，数学思维的意思是客观的、论证的，所以非常有说服力。

例如，最高法院认定众议院的议员数不均衡违反宪法的判决（1976年4月14日）就很简单明快。例如根据选民的数目来推断的话，兵库5区是1，而千叶4区是3.34。也就是说千叶的选票的分量只有兵库的大约三分之一。说这违反了宪法。

我不是在说，数字的差距多少才涉及违反宪法。至少数字显示的差距，能够成为起诉的有力证据。即使有政治方面的考虑，也没法赢过数学的说服力。

数学这个词，最近好像都伴随着偏见。其实我自己对数学也有偏见。

那是用考试来测试，为考试而生的数学。或者说，"只要不打算当专家，对大多数人来说，这种一辈子都不会打交道的高等数学理论，为什么我们必须为此烦恼呢？"我一直抱有这个疑问。用戏谑画的方式来说，数学就像入学考试地狱的恶鬼。对数学来说很不公平，但目前确实是有这样的偏见。

我一直也是这么认为的。所以刚才提到的蚂蚁

的故事，我平常画的画，做梦也没想到会和恶鬼般的数学扯上关系。有几个朋友是数学家，经常说我懂数学。我总觉得他们在取笑我。但老是被这么说，我开始骄傲自大起来。暗示自己"吾辈懂数学"嘛。用"吾辈"这么造作的自称，就是对数学还存在偏见的证据。事实上说你懂数学，不是说高考数学能通过，而是拥有数学的思维模式。

但是冷静下来想想，可以说这比高考数学通过重要多了。

《朝日新闻》有个栏目（三月十九日，东京本社版）就刊登了一个领准考证号码的趣事。中学生去前台，早就排在前面的大人们让他先去拿。那孩子有些奇怪，却还是拿着4号走了。后来放榜，1、2、3和5号都落榜了。只有4号考上了。

就算在入学考试里数学能考满分，把4这个数字和"死"（在日语里同音）联系在一起的话，还是没有数学思维，说是零分也不为过。把4和"死"

联系在一起，却又认为四叶草是幸福的象征。听起来像笑话，却有很深的渊源。

数学思维，是从中世纪的妄想上站稳脚跟，不断趋向真理的不懈努力。

直截了当地说，数学就是为了斩断把 4 和"死"联系在一起的迷信。

值得称之为"××学"的思想体系，如同和缓的登山道一样，从容易的地点到更高层次的地点。路标有时是乍一看不可理解的数学符号或者公式，其实不过为了方便，把语言替换成了符号。也就是说，能用语言来说明的话，意味着谁都可以爬上去。但经常能听到这种声音，义务教育的数学太难，让孩子们很难理解。

最近尝试的数学能力测试（计算问题），结果也意外的很差劲。虽然难以启齿，我还是说了吧。这个测试的前提是指导方法满分，而不是看结果吧。如果数学能力测试的结果能显示真实情况，那可就

糟了。为什么呢？因为其他学科没准儿更差劲。

　　和诗的指导、美术鉴赏指导令人绝望的困难相比就会明白。指导这些压根就不现实，打分更是如同神技。但没有人批判这些指导很困难，社会、理科、音乐不光是这些，连道德课也要打分，并计算平均分数，这就是既定的事实。

　　据说某位作家曾经质问："为什么要把不同内容的数值合计起来算平均分呢？"结果被校长骂了一顿。如果起诉到最高法院，没准儿能胜诉呢。按照数学思维，这位作家的疑问理所当然。

　　想想戏法和魔术吧。戏法指的是必然有某种机关，通过技巧或者演技，让人觉得像魔术。而魔术却没有

物理性的机关。通过特别磨炼的技艺，表演人类超脱物理现象，也就是所谓的超能力。

戏法呢，除非表演者先承认这是戏法，或者让人感觉到有某种机关之前，看起来都像魔术。等到弄清机关，魔术变成了戏法，戏法又变成了让人毫无兴趣理所当然的事。

但是即便明白其中的机关或技巧，有的戏法仍然没有让人失去兴趣，反而感叹技巧的纯熟。所以优秀的戏法师会提前告诉大家，这是戏法。

而魔术呢，属于精神性的超能力，感觉不像世上会发生的。例如在电视上用意念弄弯勺子就是其中的例子。电视台赌上名誉发誓，这是念力。所以已经不是戏法了。不开腹就做盲肠手术，预言或者死者灵魂附体，替他说话。这些关系到电视台的名誉，就不是戏法了。但说什么，所以必须重新书写科学法则。这就做得太过火了。魔术怎么也赶不上数学思维啊。

历史上曾经改写过几次科学法则。但那是用科学的方法来重新书写，从无魔术更改科学的先例。可以说数学思维，正如斩断 4 和"死"的联系一样，是个把魔术看成戏法，看破戏法是常识的思考过程。

数学问题和戏法很相似。解题就像看破戏法的机关一样，明白答案以后有点失落。自然界和很多社会现象都是戏法。解开了还有，多到让你没工夫失落。

我不希望自己的孩子相信魔术的存在。自然界有很多不可思议，到现在都无法用科学力量解决。那些乍一看是魔术，其实是还没解开的戏法。

可以说，我希望孩子学数学，就是为了让他们掌握客观判断的能力，分清魔术和戏法，拥有充沛的感情。

中学时，我记得学习三角形的内角和等于 180 度这个定理的时候，感觉恍然大悟。

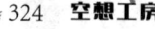

在欧几里得几何学的范围内，只要是三角形，不管角度和面积的大小，内角和都等于180度。到底是谁设计的呢？不记得是否说过欧几里得

几何学的原理了。对我来说，那是如同星星运行的大自然的神秘。三角形存在于地球上，和我们人类毫无关系。不光是三角形的定理。我终于开始感兴趣的数学世界统一而美丽，这让我很感动。从真正意义上来说遇到数学，就是中学的那个时候。

相对数学思维的是艺术思维。这是一个虚构的世界。从非逻辑性这一点来说，更接近于魔术。就算有说服力，那只不过是诉诸感性，不是逻辑性的说服力。思考理论体系几乎是不可能的。

从前在某个教育研究发表会上，我听过有人关于色彩感觉指导的相关发表。发表者展示了图表，论证了通过指导引起的色彩感觉的提高。色彩感觉是怎么转化为数值的漏听了。

　　奥林匹克竞技比赛中，测量奔跑的时间、扔出的圆盘的距离，和跳水、体操表演的美感不同。这些都是用数值来表示。后者用数字只是为了方便。属于没有确立标尺的艺术领域使用数字的特例。

　　前者是数学性的，后者是艺术思维。归根结底取决于裁判的信赖度。有关"美"的感性，没法轻易换算成数值。

　　无法换算的却非要换算，并要显得很有数学说服力，这种情况很多。

　　必须得分清数学思维和艺术思维的相似和差异才行。

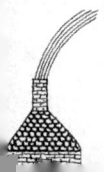

刚才我举了登山路的例子，说过数学体系就像和缓的斜坡。也许让读者想象成了连续的一条直线。

虽然是登山道，却是断断续续的。偶尔得跳过山谷才能爬上去才行，这么想才好。

解决一个谜底的快感，很像跳跃的快感。跳跃是创造这个弹簧引起的。

跳跃时窥看的世界，是美丽的数学世界。刚才我说数学都是用语言来阐述的。而只有这个创造性的跳跃的部分，无论多么伟大的数学家都无法用语言描述。从跳跃这点来说，艺术和数学几乎一样。

听了"数学家作诗，必须经过证明"这句名言，感觉深得我心。

推翻前言论证的方法有点自私自利，让我有点内疚。事实上，我认识的数学家都不太像数学家。喝酒，不会算账，沉溺于空想，说的做的比我这个

画画的更像艺术家（过去美好时代的艺术家）。

过去都说艺术家掉进了维纳斯的陷阱里，在里面苦苦挣扎。而数学，乃至数学家，也都掉进了这个陷阱吧。

从崩坏的时代这个观点来看

　　我待在巴黎街角的咖啡店里。独自旅行，身心俱疲，心情很差。偏要自讨苦头，把欧洲从北到南跑了一圈，饿得肚子空空回到了巴黎。

　　这是我第二次来欧洲旅行。除了巴黎的车多了，罗马古迹、各地的建筑和风景都和十年前没什么两样。但十年前住的酒店，无论侍者还是老板都全换了。是啊，风景如旧，物是人非。在我眼前穿着牛仔裤晃悠的年轻人，十年前还没上小学呢吧。布拉格、法兰克福还有伦敦，颓败之态尽显，愧为都市。来来往往的嬉皮族又装点了这个城市。巴黎也不例外。正在眺望的我也穿着牛仔，也许是累了吧，却

329

不太喜欢这世纪末的风景。

　　十年前，谁能想过会有这样的变化呢？

　　直到最近，日本，乃至世界，所有民众都在盼着战争结束。大家都以为人道主义的时代来临了。

　　倡导人类的进步和融合，期待科学的进步，对教育充满信心。未来是玫瑰色的。而越南战争的终结仿佛是个期票。

　　结果呢，公害、福利问题、不良行为、教育行政等，民众殷切的期待不断崩塌。

　　不光是日本。世界随处可见崩坏的征兆。甚至有悲观论者出现，预言人类社会的终结。

在伦敦遇到的英国人感叹，头一回见到不识字的大人。"二战"后风靡一时的实用主义自由教育方法成为主流，概括来说，就是期待孩子的自主性，教师不再硬性规定，只是引导学习方向，提高他们的创造力。教师们脱离了封建制的近现代的教育世界。开始还不错。但不知从什么时候起，教师失去了命令和呵斥孩子的力量，只是远远地守护着这些没有干劲的孩子。

我说日本没有那么严重，日本的教育者还是很靠谱的。为了名誉我撒谎了。

现在我必须坦率地说，日本和英国不同，有教师、考试测验、教育虎妈这些可怕的"鞭子"，所以才没事的。

不管你是否喜欢，考试支撑着教育是毋庸置疑的事实。换句话说，教育的安全是由学历社会保证的。当然会出现扭曲。有识之士的教师和父母都在试图反抗。但我从来没有听说一个人成功。

去掉所有考试，教育也能成立，若非如此，便不是真正的教育。随便教职员工会说一周休息两天的制度什么的。问题是这真的能让教育结出丰硕的果实吗？想战斗的话，不如彻底研究考试是怎么扭曲了教育，并为此奋战，打破考试的藩篱，证实这才是真正的教育。五天工作制什么的在这之后再提也不晚。

　　如果做不到，现在的学生可不会听你的。那些开始长胡子的学生，将会更加看不起老师。

　　十年前，我来巴黎时心情很好，从来没想过这些事。巴黎是巴黎，伦敦是伦敦，年轻人就在他们固有的文化（当然也包括教育在内）中。

　　但现在不一样。世界上的年轻人同属"年轻一族"。无论意大利、日本、法国还是美国，年轻一族说着他们的专用语，拥有年轻一族的文化，打破国

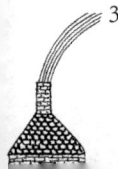

籍的障碍，形成共通的年轻国。用图表来说的话，年轻国没有靠地理性的国境，依然和非年轻国划开了界限。

年轻国发源于嬉皮士。他们把披头士的歌当国歌，牛仔服当民族服装，把创造新价值当作国家的大方针。

由背负着历史的光荣，却已显示斜阳之兆的英国开始，而其哲学背景不知道什么原因，却又暗示了印度。这些值得引人深思。

在日本还有些愚蠢的餐厅，不打领带就进不去。年轻一族就会想，在更放松的地方吃不就行了吗。理发店看起来很贵，那就别修整胡子了。英国的绅士服装明明是世界一流，这些年轻一族却选择了便宜耐磨、没有折痕的牛仔。等到磨烂了，他们毫不在意地打个补丁继续穿。

绅士看到皱起了眉头。

教师早就不知道提醒了多少回。

时尚界都抱怨，不知道做什么样的衣服他们才会买。今年的流行色是什么颜色？早已不是由时尚界来决定的时代了。日本也出现了留长发的议员，反而引导了一个潮流。

　　直到昨天还没有正眼看的打补丁的衣服，看起来变美了。过去认为的美丑互换了位置。传统的道德、正义、邪恶与真理，不光是教育者，大人们所规定的价值全部崩坏，崭新的价值观即将诞生。

　　在日本来说，从明治到战后，一贯被书写的近代史即将迎来终章。

　　这是我们必须直视的现实。教师的宿命就是把基础放在过去，对喧嚣的未来抱有厌恶也很正常。直视崩坏很难。站在过去的位置，无法正确把握不断变换的现状。顶多抱怨两句，现在的年轻人啊。

　　我对年轻一族抱有偏见。不光是不良行为，看到他们男男女女搂抱着走在路上，我也觉得不舒服。

说实话，在意大利遇到了一对要搭便车的男女，我就没载他们。

而另一方面，我却在法国山里人迹罕至的岩石上，看到了大概是年轻一族写的标语，打倒弗朗西斯科·佛朗哥。

年轻国里好像并不禁止自由性爱。但这并不是意味着这个国度里，所有人都在痴迷于自由性爱。从过去的地方得到的有关他们的信息，不一定是有利的。但他们也不在乎那些信息。这个国家很不成熟。但毫无疑问，他们正在亲手构造新的文化。

我开始觉得可以对他们有所期待。

我不想学他们国度的语言。但我相信，他们的国家并没有我们想象的那么愚蠢。

学历社会？什么？这种奇怪名字的社会会到来吗？我不是预言家，但正是现代社会的崩坏和不断变化，我打赌偏重学历的社会将会渐渐远去。

但教师或者说现在的大人没有这样操作的能力。即使好运眷顾，这样的时代来临，我想也不是教育者的功劳。

　　这正是经由年轻一族之手创造的。

　　正如创造了年轻国那样，他们也将创造一个不问学历的、拥有真正价值的世界。

　　我没有载意大利的那对男女。但他们没有任何怨恨的表情。脸上浮现出美丽的微笑，一直挥着手，直到我的汽车远去。这样的好人竟然没有让他们搭便车，我感到很羞愧。在巴黎的咖啡店里，从刚才开始就一个人生闷气，不是针对那些穿牛仔的家伙，而是在冲自己发火。

后序

记得以前曾经和一个陌生的朝鲜老婆婆聊天。我们俩在等公交车。战后不久，公交车永远人满为患。老婆婆脚步蹒跚地走了过来。她可能是这么想的吧。万一搭不上车，就俩人搭伴走吧。老婆婆对我说：

"一人默默，路漫漫。两人侃侃，弹指间。"

公交车果然满员。我还年轻，好歹上了车。老婆婆却没有上来。公交车开走了。

快三十年过去了，我一直忘不了老婆婆说的这句诗一样的话。

期间我给很多地方写稿，不知不觉积攒了很多。以前从来没想过要集结成书，现在也不太敢相信。

可以说很不可思议。我现在依然难以置信。能集结成书吗？就在这么想的过程中，散逸的稿子都被赶入了编辑部的天罗地网中。我依照吩咐，画完插图，做了装帧设计。等我回过神来发现，已经在写后序了。多亏了编辑的巧妙安排，事实不断地累积。这么一想，辛苦就变成了感谢的念头。

写完后序，我将踏上去德国的旅途。换句话来说，关于这本书的所有工作没有完工，就没法去德国。去不了德国，更要吃苦头。所以我废寝忘食地干活，把剩下的所有工作都处理完了。

以这本书的责编平凡社的田中光则先生为首，泽近十九一、久田肇等三位，对我和书都细致到吓人的程度，多亏他们的关照，才成就了我配不上的

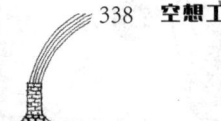

一本书。对此我当然非常感激。虽然我没提什么要求，但他们早就看透了我要旅行，特意比原计划提前完成了这本书。

昨天的一阵春日风雨，吹落了半树的樱花。今天摇身一变成了好天气。外苑树上的嫩芽水灵灵的。时间哗啦啦地飞速流逝。

明明刚写不久的稿子，怎么写得有点奇怪。重读一遍才发现，已经过了十几年，心里大吃一惊。每一篇原稿都让我想起了那时交往的朋友，感觉很怀念。

过去的文章看着不好意思，可我既没法隐藏也无处可逃。写得这么煞有其事，全靠当时年轻气盛，请大家笑完就跳过去吧。如果读者也对当年的青春有同感，我会很高兴。

只画画也许岁月的流逝会慢一点。可写了文章后每日繁忙，仿佛加速了时间的流逝，这么一想，

很是可惜。

　　一人默默，路漫漫。两人侃侃，弹指间。

1979 年 4 月 11 日

安野光雅

图书在版编目（CIP）数据

空想工房 / （日）安野光雅著、绘；艾茗译 . -- 北
京：台海出版社，2020.9
　　ISBN 978-7-5168-2538-9

　　Ⅰ . ①空… Ⅱ . ①安… ②艾… Ⅲ . ①随笔 – 作品集
– 日本 – 现代 Ⅳ . ① I313.65

　　中国版本图书馆 CIP 数据核字 (2019) 第 286569 号

版权登记号：01-2019-7480

空想工房

著　者：〔日〕安野光雅 著·绘　　译　者：艾 茗
出 版 人：蔡 旭　　　　　　　　出版策划：双螺旋文化
责任编辑：武 波　　　　　　　　封面设计：于 彬
策划编辑：唐 浒 李 丹

出版发行　台海出版社
地　　址：北京市东城区景山东街 20 号　　邮政编码：100009
电　　话：010-64041652（发行，邮购）
传　　真：010-84045799（总编室）
网　　址：www.taimeng.org.cn/thcbs/default.htm
E－mail：thcbs@126.com

经　　销：全国各地新华书店
印　　刷：固安兰星球彩色印刷有限公司
本书如有破损、缺页、装订错误，请与本社联系调换
开　　本：787mm×1092mm　　1/32
字　　数：132 千字　　　　　　印　张：11
版　　次：2020 年 9 月第 1 版　　印　次：2020 年 9 月第 1 次印刷
书　　号：ISBN 978-7-5168-2538-9
定　　价：48.00 元